Brigitte van Hattem

Ein Versehen

mit

Todesfolge

Nach wahren Begebenheiten

Impressum

Bibliografische Information der Deutschen Nationalbibliothek:
Die Deutsche Nationalbibliothek verzeichnet diese
Publikation in der Deutschen Nationalbibliografie; de-
taillierte bibliografische Daten sind im Internet über
http://dnb.dnb.de abrufbar.

© 2020/2021 Brigitte van Hattem, c/o vHVerlag Kandel, Saarstr. 215 a, 76870 Kandel

Lektorat: K. Waldgott/vHVerlag Kandel
Korrektorat: K. Waldgott/vHVerlag Kandel
Cover: Heike Falkenstein Design, Karlsruhe

Herstellung und Verlag: BoD – Books on Demand,
Norderstedt
ISBN: 9783756218783

Alle Geschichten in diesem Buch sind wahr: Diese Todesfälle hat es wirklich gegeben. Wo und wann, erfahren Sie im jeweiligen Anhang „Quellen und Anmerkungen".

Sämtliche Namen sind geändert, die erzählerischen Details - soweit nicht bekannt - fiktional.

Inhaltsverzeichnis

KOFFERRAUM

Im Nachhinein war Ronald froh, dass Nicole sich geweigert hatte, mitzufahren, aber an jenem frühen Morgen auf der Autobahn 9 Richtung Bad Dürrenberg hegte er noch einen gewissen Groll gegen seine Frau, die ihren eigenen Kopf hatte und sich durchzusetzen wusste. Ronald hatte seinem Cousin versprochen, ihm beim Hausbau zu helfen und sie hätten Nicoles Unterstützung gut brauchen können, aber sie hatte sich rundweg geweigert, ihr wohlverdientes Wochenende auf einer zugigen Privatbaustelle zu verbringen.

Die Autobahn war erstaunlich leer, aber nicht ohne Tücken. Zwar hatte sich trotz der anhaltenden Minusgrade der letzten Tage kein Glatteis gebildet, aber auf den Straßen und Randbefestigungen lag Raureif, der im Licht der Scheinwerfer zu dampfen schien.

Ronald bremste ein paar Mal zur Probe, um zu sehen, ob er ins Rutschen kam, aber nichts passierte. Erleichtert gab er ein wenig mehr Gas.

***

Bernhard Meier war in einem Bett aufgewacht, das er nicht kannte. Erschrocken hatte er sich umgesehen. Wo war er?

Erleichtert entdeckte Bernhard eine Hose und ein Hemd feinsäuberlich zusammengefaltet über einem Stuhl in der Nähe hängen. Die

Kleidungsstücke kamen ihm bekannt vor, vermutlich waren es also seine. Und sicher hatte Anna sie dorthin gehängt, sie war immer so ordentlich!

Seine Anna. Anna. Ein Anagramm. Wie Otto. Nein, kein Anagramm. Wie hieß das noch einmal? Bernhard dachte nach. Ein Wort von vorne wie von hinten.

Ein Palindrom! Genau! Bernhard lächelte. Das würde er heute seinen Studenten erzählen. Er war doch noch Professor?

Sein Lächeln verrutschte und er spürte eine eisige Hand nach seinem Magen greifen. War etwas geschehen? Etwas Schlimmes? Er wusste es nicht mehr, aber dieses Nichtwissen machte ihm Angst.

Bernhard richtete sich auf und schlug die Bettdecke zurück. Erstaunt stellte er fest, dass er keine Schlafanzughose trug, sondern nur ein Nachthemd. Wo waren seine Schlafanzüge? Wer hatte ihn in ein Nachthemd gesteckt? Niemals hätte er freiwillig so etwas angezogen! Auch Anna hätte das nicht gewollt.

Anna. Natürlich ein Palindrom! Ein Anagramm war ja viel komplizierter. Bernhard hielt inne. Wie kompliziert? Zu kompliziert, um sich jetzt Gedanken darüber zu machen. Er wollte lieber erst einmal aufstehen.

Bernhard rutschte von der Bettkante, aber dann schienen seine Füße am Boden festzukleben. Nur mit Mühe konnte er vom Bett in Richtung Stuhl trippeln, wo seine Sachen lagen. Er zog sich die dunkelblaue Jogginghose über seinen blanken Hintern und stopfte das Nachthemd hinein.

Nun besah sich Bernhard das schwarz-weiß karierte Flanellhemd. Es passte nicht zur Hose. Bernhard hielt das Hemd in der Hand und sah sich nach einer Alternative um. Aber an der Garderobe hing nur noch eine Jacke. Konnte er mit einer Jogginghose und einem karierten Hemd zu seinen Studenten? Er musste Anna das fragen. Sie wusste bestimmt Rat. Er musste sie nur suchen!

Schon zog er sich das karierte Hemd an, knöpfte es mehr schlecht als recht zu, stand auf und schleppte sich zur Tür.

***

Nicole konnte seinen Cousin eigentlich ganz gut leiden, das wusste Ronald. Nur mit dessen Frau verstand sie sich ganz und gar nicht. Nicole hatte in der Vergangenheit viele weniger schöne Worte für sie gefunden und Roland musste sich des Öfteren eingestehen, dass er ihr heimlich beipflichtete. Sein Cousin hatte wenig Geschick bei der Wahl seiner Angetrauten gezeigt, da war er ganz Nicoles Meinung.

An dieser Stelle musste Ronald schmunzeln und er spürte, dass sein Zorn verrauchte wie der Raureif auf seiner geraden Strecke. Er entspannte sich, stellte den Tempomat seines dunkelroten Saab 900 auf einhundertzwanzig Stundenkilometer und schaltete das Radio rechtzeitig zu den Sechs-Uhr-Nachrichten ein.

In Kanada waren vier Menschen bei einem Amoklauf an einer Schule in Saskatchewan gestorben. Infolge andauernder Unruhen und teilweise gewalttätiger Auseinandersetzungen zwischen Polizei und Demonstranten hatte die tunesische Regierung eine nächtliche Ausgangssperre für das ganze Land verhängt. In Washington hatte der Blizzard Jonas ein Verkehrschaos ausgelöst. In den USA kamen nach massiven Schneefällen und orkanartigen Winden mindestens acht Personen ums Leben.

Ronald hörte die Nachrichten nur mit einem halben Ohr. Er wartete auf die Verkehrsmeldungen und die Wettervorhersage.

Daher interessierte ihn auch die abschließende Suchmeldung nicht sonderlich.

„Seit gestern Abend wird der 80-jährige Bernhard Meier vermisst", las der Nachrichtensprecher.

„Es ist möglich, dass er orientierungslos umherirrt. Der Vermisste ist 1,80 Meter groß und hager. Möglicherweise ist er mit einer dunkelblauen Jogginghose und einem schwarz-weiß karierten Flanellhemd bekleidet. Wer den Mann gesehen hat, wird dringend gebeten, sich bei der nächsten Polizeidienststelle zu melden."

Ronald musste an seinen Vater denken. Nun, er war noch nicht ganz so alt und kam bis jetzt in seiner kleinen Zwei-Zimmer-Wohnung ganz gut allein zurecht.

Was aber, wenn nicht mehr? Würden sie ihn in ein Pflegeheim stecken? Bei sich konnten sie ihn nicht unterbringen. Nicole wollte schwanger werden und keinen Greis hüten. Das hatte sie Ronald schon vor Jahren eindrücklich klargemacht.

Gedankenverloren starrte Ronald auf die leere, mit Raureif überzogene Autobahn.

Seine Scheinwerfer reflektierten reines, sauberes Weiß. Eine unschuldige, bezaubernde Szenerie, untermalt von leisem Radiogedudel. Jäh unterbrochen durch einen Schlag.

***

Mit der Zeit fiel Bernhard das Gehen immer leichter. Er merkte, dass er mit kleinen Trippelschritten genauso schnell vorankam wie mit ausladendem Schlurfen. Es machte ihm Spaß, mit beiden Gangarten abzuwechseln.

Dennoch war er auf der Hut.

Er wusste nicht, in welchem Gebäude er sich gerade befand, aber er spürte, dass ihm von allen Seiten Gefahr drohte. Er hätte nur nicht sagen können, worin genau diese Gefahr bestand.

Wenn Bernhard Stimmen hörte, duckte er sich in die Ecken, versteckte sich unter Treppen oder schlug einen anderen Weg ein.

Er hatte mittlerweile jegliches Orientierungsvermögen verloren, aber es drängte ihn, immer weiterzugehen. Dass er das verhasste Gebäude verlassen haben musste, merkte Bernhard nur an der Kälte, die ihn plötzlich umgab. Damit ihm wieder warm wurde, beschleunigte Bernhard seine Schritte, aber dabei kam er ins Stolpern und er musste wieder trippeln oder schlurfen, um vom Fleck zu kommen. Vielleicht ging es aber auch mit einem Walzerschritt?

Eins-zwei-drei, ein-zwei-drei … Sie hatte den Walzer so geliebt, seine Anna, und sie waren über die Tanzflächen geflogen … oder sagte man „geschwebt"? Bernhard hielt irritiert inne. War es wie fliegen oder mehr wie schweben?

Eins-zwei-drei, eins-zwei-drei, hui, es ist Schweben und Fliegen gleichzeitig, dachte Bernhard und dass er das unbedingt seinen Studenten erzählen müsse.

***

Irgendetwas war gegen den Saab geprallt. Oder war es der Saab gewesen, der gegen etwas geprallt war? Ronald trat instinktiv mit voller Kraft in die Bremse, wobei sein Oberkörper nach vorne flog, aber mit einem heftigen Druck vom Gurt abgefangen wurde.

Gleichzeitig hielt er das Lenkrad so fest er konnte und beobachtete erleichtert, dass er lediglich geradeaus schlitterte.

Er rang nach Luft, als der Wagen endlich stand.

Verdammt! Was war das gewesen? Ronald schaltete die Warnblinkanlage an und sah sich um. Nichts. Er sah ein kristallweißes Nichts und wieder nichts.

Vorsichtig öffnete Ronald die Fahrertür. Kein weiterer Wagen in Sicht, er konnte aussteigen. Langsam setzte er seinen linken Fuß nach draußen. Ronald war überrascht, wie sehr er zitterte. Das ist nur der Schock, sagte er sich, und zog nun auch das rechte Bein nach. Als er sich aufrichtete, schienen seine Beine nachgeben zu wollen, aber Ronald hielt sich am Wagendach fest, presste die Lippen zusammen und atmete tief durch.

Sobald er spürte, wie die Kraft in seine Beine zurückkehrte, tastete er sich am Rand seines Wagens entlang nach hinten zum Heck. Dort ließ er seinen Blick in die Richtung schweifen, aus der er gekommen war.

Doch er konnte nichts erkennen, schon gar nichts, was er angefahren haben könnte. Ronald sah überall nur mit Puderzucker garnierte Dunkelheit.

Vielleicht, wenn er die Heckklappe öffnete? Die Kofferraumbeleuchtung würde die Szenerie möglicherweise erhellen. Nicht weit, aber es war einen Versuch wert. Ronald drückte den Knopf und die Heckklappe kippte nach oben. Was er jetzt im Schein des Innenraumlichts erkennen konnte, war so bizarr, dass er seinen Augen kaum traute. Wieder hielt sich Ronald an seinem Wagen fest, bis er aufhörte zu zittern. Aber es gab keinen Zweifel: In seinem Kofferraum lag eine Leiche.

***

Ein-zwei-drei, eins-zwei-drei … irgendetwas hatte Bernhard von hinten geschubst und in die Höhe getragen.

In einer eleganten Walzerdrehung landete er auf etwas, das wie eine Motorhaube aussah.

Hui! Was für ein Walzer!

Schon nach der nächsten Drehung flog Bernhard über eine Art Fenster auf einen blechernen Tanzboden, wo er abprallte und danach endlos schwebte. Wie merkwürdig, dachte Bernhard, während ihm der Wind die Jacke vom Leib riss und an seinen gebrochenen Extremitäten zerrte, aber das war Physik, das war nicht sein

Fachgebiet. Er wollte doch nur Walzer tanzen! Aber wo war seine Anna?

Mitten in diesem Gedanken landete Bernhard unsanft auf einer Scheibe, die unter ihm splitterte, in seine Halsschlagader drang und ihm den Kopf halb abriss. Sein letzter Tanz fand ein plötzliches Ende.

***

Nachdem sich Ronald in den Straßengraben übergeben und die Polizei gerufen hatte, wagte er einen erneuten Blick in seinen Kofferraum.

Es gab keinen Zweifel: Ein Mann lag darin und er war eindeutig tot. Sein Kopf war im rechten Winkel zum Körper verdreht, die Augen starr und offen. Die Hose des Mannes hing nur noch in Fetzen an den unnatürlich verrenkten Beinen. Erst jetzt bemerkte Ronald, dass die Heckscheibe zersplittert war. Wann war das geschehen? Ronald konnte sich an nichts mehr erinnern.

Wenig später hielt ein Polizeifahrzeug hinter dem Saab.

„Warum haben Sie die Unfallstelle nicht gesichert?", fragte ein Polizist statt einer Begrüßung und der andere, nach einem Blick in den Kofferraum: „Wer ist das?"

Ronald verstand die Fragen nicht. Da war ein Toter in seinem Kofferraum und das Entsetzen darüber raubte ihm noch immer Atem und Verstand gleichermaßen. Er hörte Worte wie „illegaler Leichentransport" und „… aber warum sollte er uns dann anrufen?", aber nichts machte einen Sinn. Schließlich hatte einer der Polizisten ein Einsehen und rief mit dem Leichenwagen auch einen Krankenwagen.

***

Als Ronald am nächsten Nachmittag im Kreiskrankenhaus Merseburg erwachte, war Nicole schon an seiner Seite. Sie hätten ihn sediert, erzählte sie, er habe unter Schock gestanden und sie könne es kaum glauben: Da wäre wirklich ein toter Mann in seinem Auto gewesen?

Der Polizist, der wenig später an seinem Bett stand, brachte mehr Klarheit. Der Tote sei mittlerweile bei der rechtsmedizinischen Untersuchung und Ronalds Auto bei einem Gutachter.

„Einem Gutachter?"

„Ja", bestätigte der Beamte. „Sehen Sie, Sie sagten, es hätte einen Schlag getan und Sie hätten sofort gebremst. Dann müsste Ihr Wagen an der Front oder vorne seitlich beschädigt sein. Das ist er auch. Aber er ist auch am Dach und sogar am Heck deformiert. Diese Beschädigungen lassen sich durch einen frontalen Aufprall allein nicht erklären."

Ronald spürte eine gewisse Ablehnung in der Stimme des Polizeibeamten. Nicole schien es ähnlich zu gehen, denn sie drückte Ronalds Hand so fest, dass es fast weh tat. „Haben Sie wenigstens eine Idee, wie der Mann in meinen Kofferraum kam?", fragte Ronald.

„Wenn Sie ihn nicht hineingelegt haben, leider nein. Können Sie mir wenigstens sagen, wer es ist?", fragte der Beamte zurück.

War das eine Fangfrage oder einfach nur unverschämt? Ronald schnappte nach Luft. Da übernahm Nicole unerwartet die Führung, indem sie aufstand und sich vor den Polizisten stellte. „Wir erwarten diese Informationen von Ihnen", sagte sie fest. „Mein Mann sagt Ihnen jedenfalls nichts mehr ohne seinen Anwalt!"

KOFFERRAUM:
QUELLEN UND ANMERKUNGEN

Diese Geschichte basiert auf R. Bayer et al.: Postersession „Straßenverkehr": Eine Leiche im Kofferraum... 95. Jahrestagung der Deutschen Gesellschaft für Rechtsmedizin. Heidelberg, 30. August 2016.

Das Rätsel um den Mann im Kofferraum konnte nur durch die interdisziplinäre Zusammenarbeit zwischen den Rechts-medizinern und den unfallanalytischen Sachverständigen gelöst werden. Die Spezialisten können, wenn sie rechtzeitig verständigt werden, auch bei höchst ungewöhnlichen Abläufen einen Unfall gut rekonstruieren.

In diesem Fall kombinierten die Ärzte die Verletzungen des Opfers mit den Deformationen am Unfallwagen.

Das Opfer befand sich auf der Autobahn, als es erfasst wurde und sich mehrfach nach hinten überschlug, bis es auf dem Dach landete. In dem Moment, als der Fahrer bremste, katapultierte der Wagen den Körper des Mannes nach vorne und beide – Mann wie Auto – bewegten sich nun in Fahrtrichtung. Erst dann schlug der Körper des Opfers in die Heckscheibe und landete höchst ungewöhnlich „gefaltet" und zum Teil entkleidet im Kofferraum. Das Ganze war wohl so schnell gegangen, dass der Autofahrer davon nur den ersten Schlag mitbekommen hatte. Er wurde zwar anfangs des illegalen Leichentransports verdächtigt, doch durch die Gutachten rehabilitiert.

Das Unfallopfer, der in dieser Geschichte „Bernhard" genannte Mann, war Bewohner eines nahe gelegenen Pflegeheims.

Von ihm war bekannt, dass er an einer beginnenden Demenz litt, allerdings ergab die Sektion seines Leichnams eine spezifischere Diagnose: Hydrocephalus internus mit einer Hirnatrophie. Ein derartiger Wasserkopf trifft vor allem Menschen ab einem Alter von 65 Jahren und wird deshalb auch Altershirndruck genannt.

Diese Erkrankung führt zu demenzähnlichen Symptomen, wird aber nur selten und nur durch eine Kernspintomografie-Untersuchung erkannt. Beim Hydrocephalus internus sind die Hirnkammern stark vergrößert und in den bogenförmigen, sonst mandelgroßen Flüssigkeitsspeichern sammelt sich Liquor (Nervenwasser) an. Sie können jetzt bis auf die Größe einer Kartoffel anschwellen und dabei auf das umliegende Gewebe drücken.

Wird diese Form der Demenzerkrankung erkannt, ist sie heilbar. Doch die drei Hauptsymptome – breitbeiniger, schlurfender Gang, nachlassendes Erinnerungsvermögen und Harninkontinenz – können auch auf andere Erkrankungen hindeuten, weshalb der Altershirndruck oft übersehen wird. Werden die aufgeblähten

Hirnkammern aber nicht behandelt und der Liquor verbleibt in den Kammern, zerquetscht der so entstehende Druck das Gehirn.

Die Folgen sind die gleichen wie beispielsweise bei einer Alzheimer-Erkrankung: Die Betroffenen können sich nicht mehr allein versorgen und sie vergessen.

Vermutlich war auch bei Bernhard der Altershirndruck nicht erkannt worden. Die Gehirnatrophie zeigt, dass der Druck schon eine Weile bestanden haben und etliche Hirnzellen zerstört haben muss.

GELB

Ich hätte es wissen müssen! Ich hätte es zumindest ahnen können … Aber ich habe einfach nichts bemerkt in den sechs Wochen, in denen Manfred dieses Medikament eingenommen hat. Ich habe ja noch nicht einmal gewusst, dass er ein Medikament einnimmt!

Ich fühle mich unendlich schuldig, und ich muss zugeben, dass dieses Schuldgefühl härter an mir nagt als der Schock und die Trauer über den Tod meines Mannes. Mein Gott! Ich hätte es sogar SEHEN können! Selbst seine Füße waren GELB!

Aber natürlich habe ich nicht auf seine Füße geachtet. Wir sind, ich meine, wir waren achtundzwanzig Jahre verheiratet.

Da sieht man sich nicht jeden Morgen oder jeden Abend auf die Füße. Auch nicht auf die Hände. Das will ich mir gar nicht vorwerfen.

Was ich mir wirklich vorwerfe, ist die Tatsache, dass ich mir Manfred ÜBERHAUPT NICHT MEHR angesehen habe.

Nähe macht irgendwie blind. Man nimmt die Person, die dauernd um einen herum ist, einfach nicht mehr richtig wahr. Höchstens bei besonderen Gelegenheiten, einem besonderem Abendessen beispielsweise, oder wenn es etwas Wichtiges oder etwas Vertrauliches zu besprechen gibt, schaut man sich wieder in die Augen und SIEHT sich auch wieder. Oder man lässt seinen Blick schweifen und er fällt rein zufällig auf seinen Partner, und plötzlich ist es wieder da, dieses Gefühl von Wohlgefallen, den der Anblick des anderen anfangs in einem ausgelöst hat.

Nicht so bei mir und Manfred. Ich schäme mich, es zuzugeben, aber ich habe es in den vergangenen Jahren wirklich vermieden, ihn mir anzusehen. Ich habe dabei nicht absichtlich an ihm vorbeigeschaut oder den Blickkontakt vermieden, aber ich habe ihn mir einfach nicht mehr bewusst angesehen.

Das hatte einen einfachen Grund. Manfred war klein und drahtig, als wir uns kennenlernten. Ein junger Mann, kaum zwanzig Jahre alt, jungenhaft und zierlich. Ein Typ wie Hubert Kah und damit ganz mein Fall.

Aber mit den achtundzwanzig Ehejahren veränderte sich vieles, hauptsächlich sein Körper und damit auch sein Gewicht. Als ich schwanger war, entwickelte Manfred ebenfalls ein kleines Bäuchlein, was ich süß fand.

Doch während ich entband und wieder schlank wurde, trat Manfreds Bauch bald überdimensional hervor und wölbte sich schwer über seine Hosen. Seine Beine blieben dabei dünn und schlaksig, doch auf seiner ehemals knochigen Brust bildeten sich – Brüste!

Das letzte Mal, als es mich noch interessierte, hatte Manfred die Stoppmarke von 100 Kilo bereits weit überschritten, wobei sich der Überschuss völlig unproportional auf seine 1,77 Meter Körpergröße verteilte!

Nun gut, es mag ja in den USA dickere Menschen geben, aber Manfred gefiel mir einfach nicht mehr. Nicht nur nachts ... er war auch tagsüber keine Augenweide mehr. Ich habe es daher förmlich zu einer Kunst entwickelt, ihn anzusehen ohne wirklich hinzusehen. Ohne ihn wirklich zu sehen.

Dabei mochte ich ihn immer noch. Ich war gerne mit ihm verheiratet und er war unseren Kindern ein guter Vater.

Es klingt paradox, aber ich habe mir keine weiteren Gedanken über diese Situation gemacht. Es war einfach so. Ich hatte einen Mann, der nett war, aber mir nicht mehr gefiel. Na und? Es gibt schlimmere Schicksale.

Dachte ich. Heute sehe ich das anders, denn ... wenn ich ihn gesehen hätte, wenn ich ihn mir angesehen hätte, wenn ich ... vielleicht würde er dann heute noch leben.

**

Es war erst vorletzten Dienstag. Ich kam von meinem Halbtagsjob als Mitarbeiterin der hiesigen Bibliothek etwas früher zurück als sonst. In der

Auffahrt stand Manfreds Wagen, ein schwarzer Golf. Nanu, dachte ich irritiert, was macht er denn schon zuhause? Vermutlich ahnte ich da schon, dass Manfred krank war, denn er war nicht der Typ, der blau macht.

Und wirklich: Ich fand ihn im Bett, blass und mit Schweiß bedeckter Stirn.

„Mir ist so schlecht!", klagte Manfred mit Kinderstimme. Dabei zeigte er auf einen Eimer, der neben ihm auf dem Boden stand. Ich inspizierte vorsichtig den Inhalt und erkannte eine gelbe Flüssigkeit mit dem typischen Geruch von Erbrochenem. Angewidert wandte ich mich wieder meinem Mann zu und legte meine Hand auf seine Stirn. Sie war kalt. Ein gutes Zeichen?

„Wahrscheinlich ist es nur ein Infekt", sagte ich tröstend. „Ich lasse dich jetzt schlafen und schaue in einer Stunde wieder nach dir!"

Doch Manfred konnte nicht schlafen. Immer wieder stand er auf und torkelte im Haus herum, unruhig, aber gleichzeitig unsicher und benommen. Er konnte nicht zur Ruhe kommen, im Gegenteil, er wirkte völlig aufgedreht.

Im Lauf der nächsten Stunde verschlimmerte sich sein Zustand. Manfreds Arme und Beine zuckten heftig und unkontrolliert, dabei schwitzte er aus allen Poren. Man sah ihm die Übelkeit an, die ihn plagte, aber es war nichts mehr in ihm, das er hätte erbrechen können. Ich rief den Rettungs-dienst.

***

Natürlich habe ich meinen Mann in die Uniklinik begleitet und bei den meisten Untersuchungen durfte ich dabei sein. Aber nichts von alldem, was jetzt geschah, wollte irgendwie Sinn machen. Manfred hatte einen rasend hohen Puls – die Ärzte maßen bis zu 113 Schläge pro Minute – und er bewegte sich immer unruhiger und ausladen-der. Die Ärzte, es waren insgesamt drei, ließen ihm Blut abnehmen und berieten über die gewon-nenen Werte.

Vorsichtig brachten sie ihren Verdacht zum Aus-druck, Manfred könne an Alkoholentzugs-er-scheinungen leiden, was wir beide gemeinschaft-lich bestritten.

Mittlerweile atmete mein Mann immer schwerer, aber noch immer schienen die Ärzte keinen Ver-dacht zu haben, was ihm fehlen könnte. Sie häng-ten ihn an einen Tropf und versuchten, ihn zu be-ruhigen, aber Manfred wurde immer lebhafter – agitiert, sagten die Ärzte – und warf sich im Bett hin und her. Schließlich gab er zu, regelmäßig Wein und Bier zu trinken, als wäre dieser Um-stand womöglich die Lösung aller diagnostischen Probleme. Hastig tauschten die Ärzte die Infusi-onsflüssigkeiten aus, doch Manfred ging es auch weiterhin schlecht.

Es war mittlerweile Nacht geworden und man schickte mich nach Hause.

Ich muss zugeben, dass mir das mehr als recht war. Ich war selbst so erschöpft von den Geschehnissen dieses Tages und die Angst und Sorge um meinen Mann machten mich selbst ganz krank. Am schlimmsten war die Unsicherheit und die Tatsache, dass das Gespenst, das meinen Mann umklammert hielt, keinen Namen hatte. Selbst eine so negative Diagnose wie beispielsweise „Krebs" birgt schließlich die tröstliche Gewissheit, seinen Feind zu kennen.

Völlig erledigt fiel ich ins Bett und in einen bleiernen, traumlosen Schlaf. Nur wenig später kam der Anruf: Mein Mann hatte in den frühen Morgenstunden einen Atemstillstand erlitten. Eine ganze Stunde lang versuchte das Klinikpersonal, ihn zu reanimieren, aber es war vergeblich. Mein Mann, von dem ich vorgestern noch dachte, er sei gesund und munter, war tot.

***

Es klingt wie ein Klischee, und doch war es so: Die nächsten Tage verbrachte ich wie im Nebel, wie in einem dichten, undurchdringlichen Nebel. Der Schock. Den Kindern Bescheid sagen. Die rechtsmedizinische Untersuchung erlauben. Das Ergebnis abholen. Licht ins Dunkle brachte erst Manfreds langjähriger Hausarzt, der mir das Obduktionsergebnis übersetzte. Nachdem der Arzt das amtliche Schreiben überflogen hatte, erklärte er mir mit kalter Distanziertheit, mein Mann hätte sich DNP im Internet bestellt und sechs Wochen lang eingenommen.

„DNP? Was ist das?", fragte ich fassungslos. Ich hatte noch nie davon gehört.

Der Arzt holte tief Luft, sah noch einmal in das Obduktionsergebnis und erklärte: „DNP ist die Abkürzung für 2,4-Dinitrophenol. Das ist ein gelbes Pulver, das in Kapseln abgefüllt und verkauft wird. Den Rechtsmedizinern ist aufgefallen, dass die Handinnenflächen und Fußsohlen Ihres Mannes gelb verfärbt waren. Stark gelb verfärbt", betonte er und sah mich eindringlich an. Es hätte mir auffallen müssen, sagte dieser Blick, ich hätte es SEHEN müssen!

„Daraufhin hat man die Körperflüssigkeiten Ihres Mannes toxikologisch untersucht und ist dabei auf diesen Stoff gestoßen. In allen Organen und in allen Flüssigkeiten fanden sich hohe Konzentrationen an DNP", fügte der Arzt hinzu. „Tödliche Konzentrationen."

„Aber was ist das für ein Stoff und wieso hat Manfred ihn eingenommen?", fragte ich fassungslos. „Wollte er sich umbringen?"

„Vermutlich wollte er abnehmen", antwortete der Arzt knapp. „DNP führt zu Vergiftungserscheinungen wie Übelkeit, starkem Schwitzen,

Kopfschmerzen, aber auch zu Gewichtsverlust. Das Mittel ist eigentlich ein Brandbeschleuniger und sein Verkauf ist verboten, aber noch immer gibt es einen Schwarzmarkt dafür. Bodybuilder nehmen es oder auch Hochleistungssportler."

„Zum Abnehmen? Obwohl es tödlich wirkt?", fragte ich ungläubig.

„Ich weiß nicht, wie wichtig es Ihrem Mann war, abzunehmen", antwortete der Arzt mit undurchdringlicher Miene. „Aber offensichtlich war es ihm wichtig genug, um sich mit DNP regelrecht zu vergiften."

Ich weiß nicht, warum ich das jetzt fragte, aber als der Satz aus meinem Mund kam, schien er noch Sinn zu machen: „Und, hatte er abgenommen?"

Der Arzt warf mir einen vernichtenden Blick zu. Dann schaute er wieder in den Obduktionsbefund. „Ihr Mann wog am Todestag 112 Kilo", sagte er und kramte in seinen Patientenunterlagen. „Bei seinem letzten Besuch hier wog er 115 Kilogramm", murmelte er mit Blick auf die Karteikarte. Dann sah er auf und lächelte ein schiefes, kaltes Lächeln: „Er hat also gerade mal eben drei Kilogramm verloren!"

***

Seither dreht sich das Gedankenkarussell in meinem Kopf immer um die gleichen Fragen. Wusste mein Mann, dass er mir nicht mehr gefiel? Dass ich ihn mir schon lange nicht mehr angesehen habe, schon gar nicht wohlwollend? Wollte er mir wieder gefallen? Oder wollte er vielleicht einer anderen gefallen, einer, die ihn liebevoll ansah, während ich die ganze Zeit weggesehen hatte?

Verstehen Sie? Als ich Manfred vorletzten Dienstag schwitzend in unserem Schlaf-zimmer fand, hatte ich keine Ahnung, dass ich bald Witwe sein würde. Hätte ich ihn mir in den letzten Tagen und Wochen nur einmal richtig angesehen! Dann hätte ich wissen können, dass er sich diese Scheißtabletten aus dem Internet bestellt hat! Ich hätte sehen können, was sie bei ihm bewirkten. Ich hätte den Ärzten sagen können, was meinen Mann aufdrehte und zum Schwitzen brachte. Möglicherweise wäre er dann jetzt noch am Leben.

GELB:
QUELLEN UND ANMERKUNGEN

Diese Fallgeschichte stammt aus dem Jahr 2017 und wurde in der Universitätsklinik Rostock dokumentiert. Ein fünfzig Jahre alter, adipöser (übergewichtiger) Mann wurde dort stark schwitzend und mit zunehmender Agitiertheit als Notfall eingeliefert. In der Medizin bedeutet Agitiertheit oder Agitation, dass jemand krankhaft unruhig ist und sich hastig und heftig bewegt. Das geschieht meist, wenn der Betroffene an einer Psychose leidet oder im Delirium, also auf Alkoholentzug ist.

Der eingelieferte Notfallpatient hatte zudem einen anhaltend stark erhöhten Herzschlag (Tachykardie) und litt unter Übelkeit. Aber erst die polizeiliche Ermittlung, die nach seinem Tod eingeleitet wurde, brachte die gesuchte Diagnose:

Der Patient hatte 44 Tage lang 12,3 Gramm 2,4-Dinitrophenol (DNP) eingenommen. Auf diese Spur hatte die Ärzte die ausgeprägte Gelbfärbung der Hände und Füße des Toten geführt.

Ob die Ärzte dem Patienten noch hätten helfen können, wenn sie gewusst hätten, woran er leidet, ist allerdings fraglich, denn bislang ist kein Gegengift bekannt.

Die „DNP-Karriere" begann im ersten Weltkrieg. Französische Arbeiter kamen in Sprengstofffabriken mit dem Brand-beschleuniger in Kontakt und litten dann unter teils heftigen Beschwerden wie Schwindelanfällen, Schweißausbrüchen und Kopfschmerzen. Aber weil sie gleichzeitig auch an Körpergewicht verloren, entstand die Theorie, dass 2,4-Dinitrophenol ein probates Schlankheitsmittel sei.

Diese These unterstützte ein Pharmakologe namens Maurice L. Tainter und so wurde in den 30-er Jahren des vergangenen Jahrhunderts 2,4-Dinitrophenol in den USA zu einem beliebten Medikament gegen Fettleibigkeit. Tägliche Dosen von 3 bis 5 mg DMP pro Kilogramm Körpergewicht sollen den Grundumsatz eines gesunden Menschen um die Hälfte ansteigen lassen. Zudem soll der Fettabbau nicht auf Kosten der Muskulatur gehen.

Allerdings hielten diese Theorien einer kritischen Betrachtung nicht lange stand. Eine Studie ergab, dass unter DNP nur sehr wenig Gewicht verloren wird, die Nebenwirkungen jedoch extrem heftig sind. Daher entzog 1938 die amerikanische Arzneimittelzulassungsbehörde (FDA) die Zulassung für den Verkauf von Medikamenten mit DNP.

In den 1980er-Jahren wurde 2,4-Dinitrophenol jedoch wieder illegal als Mittel gegen Übergewicht und sogar als Antikrebsmittel vertrieben. Nachdem ein Wrestler an DNP starb, wurde dieses Mittel erneut vom amerikanischen Markt genommen und hat bis heute keine Zulassung. Dennoch wird DNP noch immer von Bodybuildern und Athleten verwendet, die möglichst schnell möglichst viel Körperfett verlieren wollen.

Auch in Deutschland ist der Vertrieb von DNP gesetzlich verboten. Bereits im Juli 2006 starb eine 19-Jährige, nachdem sie ein Gramm DNP eingenommen hatte.

Sie kam mit akuter Atemnot, Herz-beschwerden und Hitzewallungen in ein Krankenhaus, wo sie einen Tag später starb. Das Mittel hatte sie von einer Freundin erhalten, die es sich im Internet aus Russland besorgt hatte.

Die Staatsanwaltschaft hatte der Freundin damals fahrlässige Tötung vorgeworfen und Anklage erhoben. Der Prozess vor dem Amtsgericht Hannover endete aber mit einem Freispruch.

LAUS

Sie heftete ihren Blick auf die Tür zum Nachbars-
zimmer, als könne sie ihren Mitbewohner dazu
bringen, herauszukommen, wenn sie nur lange
genug durchhielte. Nicht mehr obdachlos zu sein,
hatte seine Vorzüge, fand Mieko Iwai, aber um
dieser Schande zu entkommen, hatte sie mit diesem ... diesem ... Penner ... zusammenziehen
müssen.

Erst mit seiner *und* ihrer Rente reichte das Geld,
um in Tokio eine winzige 2K-Wohnung anmieten
zu können. Jetzt hatte jeder von ihnen ein sechs
Quadratmeter großes Zimmer und eine kleine
Küche, die sie sich teilten.

Mieko hielt ihr Zimmer und die Küche peinlich
sauber, aber sie wusste, dass Takahiro Watanabe
alles andere als reinlich war.

Aus seinem Zimmer drang mittlerweile ein Gestank, den sie bei aller Höflichkeit nicht mehr ignorieren konnte. Sie hätte ihn gerne einmal in Sachen Hygiene gesprochen, aber Takahiro hatte
sich schon vor Tagen in sein Zimmer zurückgezo-
gen.

Wie sie das hasste! Dazusitzen und darauf zu war-
ten, dass er dieses stinkende Zimmer verlässt, damit sie endlich mit ihm sprechen konnte. Was
machte er nur die ganze Zeit da drin? Konnte er
nicht wenigstens ab und zu einmal lüften?

Nun gut, es war Winter und wie die meisten Woh-
nungen in Tokio hatte auch ihre keine Heizung.
Aber nur weil das Thermometer auf sieben Grad
gefallen war, bedeutete das doch nicht, dass man
nicht wenigstens ab und zu einmal das Fenster
öffnen könnte, schnaubte Mieko in Gedanken.
Kein Wunder, dass sich Takahiro ständig darüber
beklagte, dass ihm schwindlig sei. Bei diesen
Dämpfen, die aus seinem Zimmer drangen,
wurde jedem schwindlig!

Mieko hatte sich gerade eine wütende Predigt
ausgedacht, die sie ihrem Mitbewohner halten
wollte, als er überraschend die Tür aufschob. Sie
wusste nicht, was sie mehr erschreckte: der Gestank, der jetzt ungehindert in ihr Zimmer drang
oder Takahiros Anblick. Er war mit seinen 1,52
Metern schon immer ein wenig kleiner gewesen
als sie und auch sein Alter hatte er nie verleugnen
können. Aber jetzt schien er noch weiter ge-
schrumpft und gleichzeitig vergreist zu sein:
Takahiros Gesicht wirkte ungewöhnlich dunkel
und seine Augen lagen in tiefen Höhlen. Der di-
cke Wollpullover schlotterte um seinen mageren
Körper. Er sah so schlecht aus, dass Mieko schlag-
artig Mitleid mit ihm empfand und ihre Predigt in
Sachen Hygiene vergaß.

„Geht es dir nicht gut?", fragte sie und Takahiro
schüttelte den Kopf. Dabei kratzte er sich ganz un-
geniert erst am Ärmel, dann am Bauch, dann im
Schritt.

„Es juckt so!", flüsterte er. „Mein ganzer Körper juckt! Ich gehe zur Apotheke und hole mir etwas dagegen!"

„Hast du denn noch genug Geld?", fragte sie ebenfalls leise und sehr freundlich.

Er nickte und ging.

***

Takahiro war sein Leben lang gesund gewesen. Das war sein Glück, sonst wäre er mit der kleinen Rente, die er als ehemaliger Werksarbeiter bekam, überhaupt nicht zurechtgekommen.

Aber jetzt war er bald achtzig Jahre alt und ihm war in letzter Zeit so oft schwindlig gewesen. Regelrecht benommen hatte er sich gefühlt. Und dieser ständige Juckreiz! Er hatte gar nicht genug Hände, um sich überall kratzen zu können.

Eigentlich war es nicht weit bis zur nächsten Apotheke, aber Takahiro kam kaum vorwärts. Ihm war so furchtbar kalt und überall juckte es, wirklich überall! Takahiro sah auf die Uhr des Einkaufscenters gegenüber. 19.07 Uhr. Die Apotheke hatte bestimmt noch geöffnet.

In der riesigen Apotheke war es kaum wärmer als draußen, und die endlos langen Regalreihen mit Medikamenten überforderten ihn. Schließlich griff Takahiro nach einem Antiallergikum und wankte zur Kasse. Dabei bemerkte er eine Überwachungskamera, deren Linse auf ihn gerichtet war. Höflich wollte Takahiro sich in einem Winkel von fünf Grad vor der Kamera verbeugen, doch dabei verlor er das Gleichgewicht und stürzte stattdessen nach hinten. Verlegen rappelte er sich wieder auf, kramte seine Sachen zusammen, bezahlte und verließ die Apotheke so schnell er konnte.

***

Yuito Ito war an diesem Abend nicht kalt. Sein nächtlicher Streifendienst war bislang ruhig verlaufen. Dabei hatte er die meiste Zeit in seinem Dienstwagen verbracht und dabei die Heizung hochgedreht.

Es war kurz vor 23 Uhr, als ihm ein Mann auffiel, der auf der Straße lag und zuckte. Bestimmt wieder so ein Obdachloser, dachte Yuito. Er würde ihn verjagen müssen, denn Obdachlosigkeit gilt in Tokio als Schande – sowohl für die Betroffenen als auch für die Stadt.

„Obdachlose sind wie Läuse", pflegte Yuitos Vorgesetzter zu sagen, „sie setzen sich im Pelz der Fleißigen fest und saugen sie aus!"

Yuito sah das ganz anders. Ihm taten die armen Teufel leid, die auf Parkbänken übernachten mussten, für ihre Armut mit Abweisung bestraft wurden und die sich für ihre eigene Notsituation schämten. Sein eigener Onkel war auf die Unterstützung der ganzen Familie angewiesen, weil seine Rente bei weitem nicht ausreichte, ihm eine Unterkunft zu sichern. Was aber sollte jemand machen, der keine Familie hatte?

Yuito mochte alte Menschen und respektierte sie. Dass er sie von der Straße jagen musste, war ihm sehr unangenehm. Aber es war seine Pflicht als Polizist. Er seufzte, verließ den Dienstwagen und ging auf den Greis zu, der sich auf dem Boden wälzte.

„Konbanwa", sagte er zur Begrüßung und der alte Mann am Boden erschrak. „Alles in Ordnung?", fragte Yuito.

„Es juckt so", antwortete der Mann, „und mir ist so kalt!"

„Na, dann komm mit, in meinem Auto ist es warm! Ich bringe dich nach Hause!"

Yuito war sich erst nicht sicher, ob ihn der alte Mann verstanden hatte, aber Takahiro nickte und rappelte sich auf. Er schlotterte und zitterte so stark, dass er sich kaum auf den Beinen halten konnte.

Yuito fasste ihn beherzt unter und führte ihn zum Polizeiwagen, wo er dem alten Mann die Autotür öffnete und beim Einsteigen half. Takahiro rutschte wie ein kleines Kind auf den Rücksitz und kauerte sich dort zusammen. „Warm", nuschelte er anerkennend.

„Hast du denn überhaupt eine Wohnung?", fragte Yuito sanft, nachdem er sich selbst wieder hinter das Steuer gesetzt hatte.

„Natürlich", antwortete Takahiro stolz und als er seine Adresse nannte, klapperte er dabei mit den Zähnen, als hätte er Schüttelfrost.

„Na, das ist ja nicht weit", sagte Yuito, der sich freute, den Alten nicht aus der Stadt fahren und dort aussetzen zu müssen. Sanft gab er Gas und fädelte sich in den Verkehr der Tokioer Innenstadt ein. Als er wieder in den Rückspiegel sah, erkannte er, dass sein Fahrgast unter die Rückbank gerutscht war. Dort lag er völlig reglos – er zitterte noch nicht einmal mehr. Yuito bremste, hielt an und rief einen Krankenwagen.

***

Die Schockräume aller Krankenhäuser dieser Welt gleichen einander. Die Notfallpatienten werden hineingeschoben und von flinken Händen entkleidet, untersucht und so gut es geht behandelt.

Takahiro hatte auf dem Weg in das Jikei University Hospital einen Herz-Kreislauf-Stillstand erlitten und wurde nun in einen solchen Schockraum geschoben. Den Ärzten fiel auf, wie kalt er war und maßen seine Körpertemperatur: 26,6 Grad Celsius, zehn Grad weniger als normal. Da sich in seinem Blut auch extrem wenig rote

Blutkörperchen fanden, hingen ihn die Ärzte an eine Herz-Lungen-Maschine und gaben ihm eine Bluttransfusion. Mehr konnte das Ärzteteam fürs Erste nicht tun, zumal ihnen noch nicht klar war, was ihrem zierlichen Patienten fehlte.

Einen ersten Hinweis darauf gab nur der völlig unpassende, wenn auch gedämpfte Aufschrei einer Krankenschwester. Er entfuhr ihr, als sie die Kleidung des Patienten aufsammeln und zusammenlegen wollte. Mit einer Verbeugung entschuldigte sie sich bei den Ärzten für ihr ungehöriges Verhalten, wies dann aber auf Takahiros dicken Pullover, den sie wieder auf den Boden hatte fallen lassen und stammelte: „Er lebt!"

***

Mittlerweile war es tiefe Nacht geworden. Mieko saß noch immer auf ihrem Sessel und starrte auf die Tür zum Zimmer ihres Mitbewohners. Aber ihre Augen glühten nicht vor Zorn, im Gegenteil. Mit jeder Stunde, die vergangen war, seit sich Takahiro auf den Weg zur Apotheke gemacht hatte, hatten sich ihre Augen mehr mit Tränen gefüllt. Anfangs war sie nur besorgt gewesen, aber nun war sich Mieko sicher, dass ihrem kleinen Freund etwas geschehen war.

Vermutlich nichts Gutes.

Als es dreieinhalb Stunden nach Mitternacht an ihrer Tür klopfte, war sie daher nicht im

Mindesten erstaunt. Sie blinzelte sich ihre Augen tränentrocken, erhob sich schwerfällig und öffnete der Polizei.

***

Seine Schicht war um zwei Uhr zu Ende, doch bis Yuito Feierabend machen konnte, dauerte es noch eine weitere halbe Stunde, weil ihn der Schreibkram unnötig aufhielt. Zunächst war es der PC gewesen, der nicht so wollte wie er, dann fehlte dem Drucker Papier und der Raum, im dem er den Papiernachschub vermutete, war abgeschlossen. Yuito versuchte erfolglos, den Schlüssel zu finden und zog dann in seiner Not ein paar Blatt Papier aus der Kassette eines anderen Druckers.

Halb drei Uhr morgens lagen alle Berichte sauber ausgedruckt auf dem Schreibtisch seines Vorgesetzten. Yuito hätte heimfahren können. Aber er hatte die ganze Zeit an seinen eigenartigen Fahrgast denken müssen und brachte es nicht übers Herz, Feierabend zu machen, ohne sich noch einmal nach ihm zu erkundigen. Daher steuerte Yuito das Krankenhaus an, in das Takahiro gebracht worden war.

Überrascht traf er am Klinikempfang Kollegen von der Abteilung für Gewaltverbrechen. Takahiro war eine Stunde zuvor an so merkwürdigen Symptomen gestorben, dass eine Obduktion angesetzt und polizeiliche Ermittlungen eingeleitet worden waren.

Yuito war froh, wenigstens die Adresse des Toten beisteuern zu können und bat darum, mitfahren zu dürfen, wenn sie seine Räume untersuchten. Eine Bitte, die ihm die Kollegen gerne gewährten.

Als sie am frühen Morgen zu dritt vor Takahiros Wohnung standen, öffnete ihnen sofort eine ältere Dame mit rotgeweinten Augen. „Was ist mit Takahiro?", fragte die Frau mit einer höflichen Verbeugung. „Was ist mit ihm geschehen?"

Yuiko führte Mieko auf die Seite und sprach mit ihr, während seine Kollegen Takahiros Raum untersuchten. So vorsichtig er konnte, versuchte er zu erklären, dass Takahiro gestorben sei, aber dass man noch nicht wisse, weshalb. Im Gegenteil. Sein Tod gebe Rätsel auf, die man von Seiten der Polizei und der Gerichtsmedizin lösen wolle. Deshalb seien sie hier.

Mieko wollte in Gegenwart der Männer nicht weinen, aber Yuiko sprach so freundlich mit ihr, dass es ihr schwerfiel, ihre Tränen zurückzuhalten.

„Was wird jetzt aus mir?", dachte sie unentwegt und dann schalt sie sich innerlich wieder. Ihr kleiner Freund war gestorben und sie dachte nur an sich!

Yuiko legte tröstend seine Hand auf Miekos Schulter, als hätte er ihre Gedanken gelesen. Dann stand er auf, verbeugte sich höflich und fragte Mieko, ob er sie alleine lassen dürfe. Sie nickte.

Yuiko wollte eigentlich seinen Kollegen ins Nebenzimmer folgen, doch seine Neugierde wurde rasch von seinem Geruchssinn gebremst. Schon in der Tür war der Gestank unerträglich. Er ließ seinen Blick über das Innere des Zimmers schweifen und zog sich dann wieder zurück.

Das war kein Zimmer, das war eine Müllhalde! Und sie stand im krassen Gegensatz zu dem peinlich sauberen Rest der Wohnung!

Yuiko beneidete seine Kollegen nicht, die mittlerweile Schutzanzüge trugen und sich durch das Geröll des Zimmers manövrierten, dies und das mit behandschuhten Händen betasteten, anhoben oder wegschoben. Wie konnte man nur so leben? Was hatte sein merkwürdiger kleiner Fahrgast hier den ganzen Tag gemacht?

Yuito ging wieder zu Mieko, die sich wie ein kleines Kind auf ihrem Stuhl hin- und herwiegte. Wieder wollte er ihr die Hand auf die Schulter legen, doch Mieko entzog sich ihm, indem sie sich nach hinten beugte, ihn direkt ansah und sagte: „Versprechen Sie mir, dass Sie mir sagen, was ihm gefehlt hat?"

„Ich komme, sobald ich es weiß", versprach Yuito.

***

Als Yuito zwei Tage später an Miekos Tür klopfte, wusste er zwar alles über den Tod seines Fahrgastes, aber nicht, wie er das Mieko beibringen sollte.

Yuito hatte mit dem Gerichtsmediziner sprechen können, der Takahiros Leichnam obduziert hatte. Anfangs hatte er nicht viel verstanden, doch nach vielen Nachfragen seinerseits hatte der Arzt einfachere Worte dafür gefunden, was Takahiro getötet hatte. Mit diesen einfachen Worten, so hoffte Yuito, würde er es auch Mieko erklären können.

Mieko öffnete ihm mit einem freundlichen Lächeln und der traditionellen Verbeugung. Selbstverständlich lud sie Yuito erst zu einer Tasse Tee ein und absolvierte mit ruhigen, sicheren Bewegungen die ganze traditionelle Zeremonie, bevor beide so weit waren, über Takahiros Tod zu sprechen. Nichts in ihrem Äußeren deutete darauf hin, wie verzweifelt Mieko zu dieser Stunde war und wie begierig, mehr über die letzten Stunden ihres kleinen Freundes zu erfahren.

„Nun", begann Yuito und räusperte sich verlegen, „Takahiro hatte Läuse!" Jetzt war das Schlimmste gesagt.

„Aber davon stirbt man doch nicht", antwortete Mieko freundlich lächelnd, während sie sich daran erinnerte, wie sich Takahiro fortlaufend vor ihr gekratzt hatte.

„Das dachte ich erst auch", entgegnete Yuito, „aber man hat mich eines Besseren belehrt. Sehen Sie, Mieko, Takahiro war ein kleiner, schmächtiger Mann und sein Körper war über und über mit Bissen, Stichen und kleinen Narben übersät. Er hatte also die Läuse schon lange und nie etwas dagegen unternommen."

Mieko nickte.

Sie konnte sich nicht daran erinnern, wann Takahiro sich das letzte Mal gewaschen hatte, aber sie war immer der Meinung gewesen, das ginge sie nichts an, deshalb hatte sie auch nie etwas gesagt.

„Allein auf seinem Pullover tummelten sich Hunderte äußerst gesunde und lebhafte Läuse", fuhr Yuito fort. „Ist Ihnen das nie aufgefallen?", setzte er sanft fragend nach.

Mieko schüttelte den Kopf. „Ich sehe nicht mehr so gut", sagte sie, „und allzu nah bin ich ihm auch nie gekommen ... Wissen Sie, er roch nicht sehr angenehm!"

Das kann ich mir denken, dachte sich Yuito, sagte aber nichts dazu. „Die vielen, vielen Läuse haben Takahiro über die Monate hinweg förmlich ausgesaugt", erklärte er. „Erinnern Sie sich, dass seine Haut sehr dunkel aussah, viel dunkler als unsere?"

Mieko dachte nach und dann sah sie ihren Freund wieder vor sich, wie er das letzte Mal vor ihr gestanden hatte. Ja, ihr war aufgefallen, dass er dunkel aussah, aber sie hatte sich nichts weiter dabei gedacht.

„Wenn Haut immer wieder aufgekratzt wird, dann färbt sie sich dunkel, haben mir die Ärzte erklärt", sagte Yuito. „Sie nennen das Vagabundenhaut, weil sie sonst nur bei Obdachlosen oder Vagabunden vorkommt."

„Wir waren beide obdachlos, als wir uns trafen", sagte Mieko leise und versuchte, ihre Tränen zurückzuhalten. „Dann haben wir uns zusammengetan, aber dass er Läuse hatte, wusste ich nicht."

„Nun, diese Läuse haben sich fleißig vermehrt und sich an Takahiros Blut gütlich getan", erzählte Yuito weiter. „So wurde sein Blut anämisch, das heißt, es hatte viel zu wenig rote Blutkörperchen. Takahiro hatte auch leere Eisenspeicher und er hätte viel Eisen gebraucht, um neues Blut und neue Blutplättchen zu bilden. Diese Eisenmangelanämie, so nennen die Ärzte das, hatte schon seine Organe geschädigt. Leber, Milz und Nieren litten an diesem Eisenmangel und die Lunge war mit Wasser gefüllt. Ohne rote Blutplättchen funktioniert alles nicht mehr so richtig."

„Und daran ist er gestorben?", flüsterte Mieko und sah Yuito fragend an.

„Indirekt, ja. Gestorben ist er aber erst, als sein Körper aufgrund des Eisenmangels seine Temperatur nicht mehr regulieren konnte. Sie sank immer weiter ab. Hypothermie nennt sich das. Im Krankenhaus hatte er nur noch eine Körpertemperatur von 26,4 Grad, das ist viel zu wenig. Die Ärzte vermuten, dass seine Temperatur noch niedriger war, als ich ihn auf der Straße fand."

„Er ist also erfroren?", fragte Mieko.

„Ja", antwortete der Polizist. „Die Läuse hatten so lange und so hartnäckig sein Blut abgezapft, dass es die Funktionen seines Körpers nicht mehr aufrechterhalten konnte. So haben die Parasiten ihren Wirt getötet."

Beide schwiegen. Dann konnte Mieko eine einzelne Träne nicht mehr zurückhalten. Yuito erhob sich taktvoll.

„Wenn ich Ihnen behilflich sein darf", sagte er schließlich zum Abschied, „dann melden Sie sich ruhig bei mir. Wissen Sie, ich habe einen Onkel ... vielleicht sollten Sie ihn kennenlernen ..."

LAUS:
QUELLEN UND ANMERKUNGEN

Dieser Fall wurde in der Zeitschrift „International Journal of Legal Medicine", Ausgabe 3/2016 von den Autoren Akina Nara, Hisashi Nagai, Rutsuko Yamaguchi, Yohsuke Makino, Fumiko Chiba, Ken-ichi Yoshida, Daisuke Yajima und Hirotaro I-wase beschrieben.

Eine Köperlaus (Pediculus humanus humanus) findet sich normalerweise in den Falten der Kleider. Da sie sich von menschlichem Blut ernährt, verursacht sie Hautverletzungen, die stark jucken und zur sogenannten Vagabundenkrankheit führen. Körperläuse können zudem verschiedene Infektionskrankheiten wie Typhus oder das Fünftagefieber übertragen.

In diesem Fall starb ein Mann im Alter von 79 Jahren an einer tödlichen Unterkühlung, die er sich auf der Straße an einem Winterabend zuzog. Die Fallgeschichte und die Ergebnisse der Autopsie ergaben, dass der Auslöser für diese tödliche Unterkühlung eine Eisenmangelanämie war, die wiederum dadurch entstanden ist, dass der Mann über einen langen Zeitraum hinweg nichts gegen die blutsaugenden Läuse unternommen hatte. Zudem litt er unter der Vagabundenkrankheit, die sich durch eine unnatürlich dunkel pigmentierte Haut bemerkbar macht.

Auch für die Ärzte war das ein außergewöhnlicher Todesfall, da die Körperläuse zum Tod des Mannes nicht nur beigetragen, sondern ihn indirekt sogar verursacht hatten.

GENUG

Als er erblindete, konnte er nicht mehr in die Welt hinaus und als er sein Gehör verlor, drang die Welt auch nicht mehr in ihn hinein. Otto Herfurth hatte keinen Grund mehr, weiterzuleben.

Er war zweiundsiebzig Jahre alt und Witwer. Zu seinen Kindern hatte er stets nur ein distanziertes Verhältnis gehabt und nach dem Tod der Mutter waren sie weit weggezogen. Otto hegte keinen Groll gegen sie. Auch er war einst von zuhause fortgegangen und hatte einfach sein eigenes Leben gelebt.

Aber dass sich seine Kinder so gar nicht mehr meldeten … nun ja, wie sollten sie auch, dachte Otto. Ihre Postkarten konnte er nicht mehr lesen.

Und wenn sie ihn anriefen, mussten sie in den Hörer brüllen, damit er überhaupt verstand, wer am anderen Ende der Leitung war. Dann brüllte er zurück, weil er sich selbst nicht hören konnte, wusste aber gleichzeitig, dass er für die anderen viel zu laut war. Solche Telefonate waren anstrengend und brachten keinem der Beteiligten Freude. Da war es vielleicht gar nicht schlecht, dass er das Klingeln der meisten Anrufe ohnehin nicht mehr hörte.

Otto seufzte und dachte an Anita. Der frühe Tod seiner Frau bedrückte ihn noch immer. Sie war sein Ein und Alles gewesen. Viel Geld hatten sie nie gehabt, aber irgendwie hatte es immer gereicht. Sie waren so glücklich gewesen, als sie in den frühen 1970-er Jahren in diesem Hochhaus eine Dreizimmer-wohnung kaufen konnten. Sie richteten sie zweckmäßig, aber liebevoll ein und zogen darin die Kinder groß.

Mit ihrer gewinnenden Art hatte Anita stabile Freundschaften zu ihren Nachbarn aufgebaut und weil ihre Tür für alle offen stand, gab es immer viel Leben und immer viel Liebe in ihrem Heim. Erst als die Diagnose „Brustkrebs" feststand, wurde es stiller um die Familie Herfurth.

Bei der Beerdigung standen ihm noch die Kinder und die Nachbarn zur Seite. Aber mittlerweile waren nicht nur die Kinder weg, sondern auch die Nachbarn verstorben oder in Altersheime verzogen. Nichts war Otto geblieben. Was machte es da, dass er taub und fast blind geworden war?

Selbst der tägliche Besuch des Pflegedienstes war eine Qual. Fremde, die ihn versorgten, die er aber weder richtig sehen noch hören konnte. Wer waren diese Menschen?

Manchmal rochen sie auffällig und dann waren sie ihm noch widerwärtiger, aber was konnte er tun? Er war hilflos. „Ein Mann wie ein Baum", pflegte Anita früher über ihn zu sagen, aber jetzt, jetzt war er ein hilfloses Pflänzchen.

Die Makuladegeneration machte das Schreiben eines Abschiedsbriefes schwierig. Sie ließ Otto hell von dunkel unterscheiden und an den Rändern des Sehfeldes etwas erkennen, aber meistens sah er nur einen großen, dunklen Fleck. Otto tastete sich an seinen Schreibtisch und suchte in der dritten Schublade von oben nach Schreibpapier. Mit noch immer wohlgeformten Fingern zog er schließlich ein Blatt heraus, wobei er sich nicht sicher war, ob es sich dabei um ein Stück Schmierpapier oder um einen Bogen Briefpapier handelte.

Sie hatten beides in dieser Schublade aufbewahrt. Otto legte das Blatt vorsichtig auf die Schreibtischunterlage, hielt es mit der linken Hand an der oberen Ecke fest und fuhr sanft mit seiner Rechten darüber. Es fühlte sich glatt, kühl und unberührt an.

Jetzt einen Kugelschreiber. Oder besser einen Bleistift. Otto tastete eine Weile in der oberen Schreibtischschublade, bis er fündig wurde. Er nahm den Bleistift und prüfte dessen Spitze. Sie würde reichen, dachte er.

Jetzt, was schreiben? Wie schreiben? Otto starrte auf das Blatt und erkannte dessen Umrisse. Mit der linken Hand hielt er das Papier fest und setzte mit der Rechten den Stift an. „Ich habe genug", wollte er schreiben und während er noch überlegte, wie er die Buchstaben wohl leserlich auf dem Papier platzieren konnte, kam ihm die Erinnerung an die gleichnamige Bachkantate.

„Ich ha-ha-habe genug", sang der glockenhelle Sopran einer Sängerin, deren Namen, nicht aber deren Stimme er vergessen hatte, und es klang so zufrieden, ja fast fröhlich, dass die Melodie so gar nicht zum Text passen wollte.

„Ich ha-ha-habe genug." Otto hörte noch eine Weile der Sängerin in seiner Erinnerung zu und starrte ins Leere. Wie lange war es jetzt her, dass er das letzte Mal auf einem Konzert war? In einem Theater? Und verstanden hatte, was gesprochen oder musiziert wurde?

Otto spürte, wie seine nutzlosen Augen feucht wurden und blinzelte. Dann holte er mit dem Bleistift aus und schrieb seine Botschaft mit großen Buchstaben quer über das Briefpapier: „Ich habe genug." Was noch?

Nichts mehr. Für Otto war alles gesagt. Also unterschrieb er das Blatt mit seinem Namen.

Er wollte noch das Datum dazu setzen, aber es fiel ihm nicht ein. In der stillen Dunkelheit, die ihn umgab, waren die letzten Tage, Wochen und Monate eins gewesen.

Egal. Otto stand auf, tastete sich zur Balkontür, öffnete sie und ging hinaus. Den Lärm der morgendlichen Rushhour konnte er nicht hören, aber als er sich über die Brüstung beugte, roch er die

Autoabgase. Seine Wohnung lag im fünften Stock. Würde das reichen?

Das Hochhaus hatte dreizehn Stockwerke. Ihm wäre es lieber gewesen, er hätte auf die Aussichtsplattform gehen können, die es in den ersten Jahren des Hochhauses noch gegeben hatte. Doch mittlerweile war sie mit einem Sicherheitsgitter versehen worden, das sich im oberen Abschnitt nach innen krümmte und für ihn daher unüberwindbar war. Der fünfte Stock musste reichen.

Noch einmal hielt er seine Nase über das Balkongeländer, bevor er langsam begann, über die Brüstung zu steigen.

Dabei kamen ihm ein paar Sätze der Kantate in den Sinn und er summte die Melodie dazu:

Ich freue mich auf meinen Tod,

Ach, hätt er sich schon eingefunden.

Da entkomm' ich aller Not,

Die mich noch auf der Welt gebunden.

Otto lächelte und sprang.

***

„Was für ein schrecklicher Unfall!" Schwester Sophie konnte kaum fassen, in welchem Zustand der alte Mann war, den der Rettungshubschrauber gerade gebracht hatte.

Sie hatte zum ersten Mal einen Patienten mit einem offenen Schädel gesehen und durch eine Masse aus Blut und Schmutz direkt auf sein Hirn blicken können, was sie unangenehm berührte. Es war, als hätte sie einen intimen Einblick in etwas bekommen, was sie niemals hätte sehen dürfen, und genau genommen stimmte das ja auch. Schwester Sophie starrte dem Mann nach, der vom Notarzt in Windeseile auf einer Behandlungsliege in den Schockraum der Notaufnahme geschoben wurde.

„Ein schrecklicher Unfall!", kommentierte auch der Notarzt die Verletzungen des unbekannten Patienten, als er ihn den Klinikärzten übergab. „Fenstersturz aus fünfzehn Meter Höhe", fuhr er fort und fasste zusammen, was er wusste: „Ist in einer Hecke gelandet, hatte bei unserem Eintreffen noch einen Puls.

Ansonsten: offenes Schädel-Hirn-Trauma, einseitig instabiler Thorax, multiple Verletzungen der Extremitäten, eine instabile Beckenfraktur. Wir haben den Thorax beidseitig drainiert und den Mann intubiert, aber keinen Herzschlag mehr. Patient wird seit fünfzehn Minuten reanimiert. Jetzt seid ihr dran. Viel Glück!"

Innerhalb weniger Minuten füllte sich der Schockraum mit einem zwölfköpfigen Notfallteam, darunter Unfall- und Neurochirurgen, Anästhesisten und ein Radiologe. Hand in Hand versuchten sie, den fehlenden Herzschlag ihres Patienten in Gang zu setzen, um ihn danach weiter untersuchen und behandeln zu können.

Schwester Sophie stand unterdessen am Fenster des Schockraums und schaute hinein.

Sie hatte versucht, sich wieder auf ihre Arbeit zu konzentrieren, aber es war ihr nicht geglückt. Jetzt starrte sie auf das Gewusel von weißen Kitteln, die den alten Patienten defibrillierten, ihn mit -zig Litern Blut versorgten und die ständig neue Spritzen mit Medikamenten aufzogen, die sie dem armen Kerl über den frisch gelegten Zentralen Venenkatheder in die Blutbahn schossen. Einer der Ärzte - Sophie konnte wegen seiner Operationskleidung und dem Mundschutz nicht genau erkennen, wer es war, aber er schien der Teamleiter zu sein - sah zwischendurch einmal auf und sah sie hinter der Glasscheibe stehen. Er nickte ihr aufmunternd zu und Sophie erkannte in seinen Augen sowohl den Ehrgeiz als auch den dringenden Wunsch, ihren Patienten zurückzuholen.

„Was für ein schrecklicher Unfall", murmelte sie noch einmal vor sich hin.

Der Mann soll aus dem Fenster gestürzt sein, hatte sie gehört, aber für Details war keine Zeit gewesen. Wenn sein Herz nicht bald wieder schlagen würde, war mit irreversiblen Schäden zu rechnen, das wusste Sophie. Möglicherweise wurde er zum Pflegefall. Immer noch besser als tot, dachte sie voller christlicher Überzeugung und ballte ihre Hände zu Fäusten, in die sie ihre Daumen drückte. Ob er wohl eine Familie hatte? Eine Frau, Kinder, Enkel?

Zwanzig Minuten waren mittlerweile vergangen, seit Otto Herfurth in die Klinik eingeliefert worden war. In diesen zwanzig Minuten voller Einsatz und Hektik zeigte sein EKG konstant eine Nulllinie an.

Seine Pupillen waren weit und lichtstarr. Doch noch immer hofften die Ärzte, ihn zurückholen zu können und traktierten seinen schwer verletzten Körper mit immer neuen Stromstößen und Medikamentengaben. Nach weiteren zähen zehn Minuten zog sich der Teamleiter den Mundschutz aus dem Gesicht und fragte in die Runde: „Noch jemand eine Idee?"

Schwester Sophie erkannte mit Entsetzen, dass ein Arzt nach dem anderen den Kopf schüttelte. Sie gaben den Patienten auf! Sophie wandte sich ab.

Sie wusste nicht recht, warum sie weinte, schließlich hatte sie den alten Mann ja gar nicht gekannt. Aber die Tränen ließen sich nicht aufhalten. Mit müden Schritten ging Sophie durch eine Hintertür nach draußen. Überrascht traf sie dort auf den Notarzt, der ihnen vor einer halben Stunde den Patienten gebracht hatte.

„Noch hier?", fragte sie, weil ihr nichts Besseres einfiel und wischte sich die Tränen aus dem Gesicht.

Der Notarzt nickte und zeigte ihr sein Butterbrot, vom dem er gerade abgebissen hatte. „Mittagspause", murmelte er mit vollem Mund. Dann erst sah er, dass die Schwester geweint hatte. „Ist er verstorben?", fragte er und steckte sein Butterbrot zurück in seine Jackentasche, als wäre essen jetzt nicht mehr angebracht.

Sophie nickte.

„Na, das war vielleicht auch besser so. Es war kein Unfall. Er hat einen Abschiedsbrief hinterlassen."

Sophie sah ihn erstaunt an. „Warum haben Sie das nicht gleich gesagt?", fragte sie empört.

„Erstens habe ich das erst eben von der Polizei erfahren. Sie haben den Zettel auf seinem Schreibtisch gefunden. Und zweitens … ", der Notarzt drehte sich zu Sophie um und sah ihr direkt ins Gesicht, „zweitens macht das bei uns in Deutschland keinen Unterschied!"

Über den 72-Jährigen, der sich an einem Donnerstagmorgen aus dem fünften Stockwerk eines Hochhauses stürzte, weil er taub und blind geworden war, berichtete erstmals am 15. Juli 2014 in einem Online-Forum ein anonymer Narkosearzt, der vermutlich zum „insgesamt 12-köpfigen Team aus Anästhesie, Unfall- und Neurochirurgie und Radiologie" gehörte, das „Otto Herfurth" behandelte.

In einer weiteren Online-Veröffentlichung schrieb dieser Arzt am 22. August 2017 erneut über die „zähen dreißig Minuten, ZVK, Arterie, Sono, Massivtransfusion und viel notfallmedizinischem Gedöns."

Er kommt zu dem Schluss: „Manchmal macht Notfallmedizin keinen Spaß. Manchmal tröstet noch nicht mal der Gedanke, es versucht zu haben. Manchmal fragt man sich aber auch, was wir da eigentlich machen. Oder gemacht haben. ... Es bleibt kompliziert."

Interessant waren vor allem auch die Kommentare und Diskussionen, die auf diesen Bericht auf der dockcheck.com-Seite folgten. Die einen rieten, sich „do not reanimate" auf die Brust tätowieren zu lassen und forderten, sich Erlösungscocktails vom Hausarzt ihres Vertrauens verschreiben lassen zu dürfen, andere hingegen verteidigten die

Lebensqualität jedes menschlichen Daseins. Wieder andere fürchteten, dass der „freiwillige Tod" bald eingefordert werden könnte oder „jeder abgespritzt wird, der nicht mehr sozial verträglich ist".

Allen Kommentaren gemein war die unterschwellige Frage, wer denn nun eigentlich wirklich über Leben und Tod entscheiden soll oder darf.

PLANESPOTTING

Noch sieben Stunden. Rosalyn Evans wischte nervös mit ihrem rechten Daumen über das Zifferblatt ihrer goldenen Armbanduhr, als könne sie so die Zeit anschieben. Ein weiterer Blick auf die Uhr zeigte aber, dass ihr Daumen lediglich einen Abdruck auf dem zarten Glasgehäuse hinterlassen hatte. Rosalyn kramte in ihrer Handtasche und zog ein Papiertaschentuch hervor, mit dem sie das Glas aufpolierte. Was man nicht alles tat, wenn man zwanzig Stunden in einem Flugzeug festsaß und die Zeit einfach nicht verstreichen wollte!

Rosalyn hauchte das Glas ihrer Armbanduhr an und wischte noch einmal nach. Die Uhr war ein Geschenk ihres Mannes zum fünfundzwanzigsten Hochzeitstag gewesen.

Rosalyn sah zu Cooper, der einen Gang vor ihr saß, und ein warmes Gefühl stieg in ihr auf. Cooper war ein Sonnyboy gewesen, als sie ihn heiratete, und noch heute mochte sie die Unbekümmertheit, mit der er durchs Leben ging. Er hatte es als Architekt weit gebracht und bot ihr und ihrer gemeinsamen Tochter ein sorgenfreies Leben.

Nein, Rosalyn konnte sich nicht beklagen. Sie konnte zufrieden sein: mit ihren Lieben, mit ihrem Leben. Aber trotzdem war da irgendetwas in ihr unzufrieden.

Es lag nicht an dieser Flugreise, die sie selbst organisiert und am frühen Morgen mit ihrer Familie angetreten hatte. Es lag auch nicht an ihrer Familie oder daran, dass Rosalyn ihre Familie nicht liebte, nur ... Sie wusste selbst nicht, wie sie es formulieren würde.

Irgendwann waren ihre Familienmitglieder zu Ketten geworden, die sie an ein Leben banden, das ihr keine Freude mehr bereitete.

Wann hatte das angefangen? Wann hatte sich dieser zarte Grauschleier über ihr Leben gelegt und war mit der Zeit immer dichter und dunkler geworden?

Das wären nur die Wechseljahre, hatte Ethon, ihr Hausarzt, gesagt. Das ginge vorbei. Aber der Grauschleier war genauso geblieben wie die Hitzewallungen und diese Dünnhäutigkeit, die sie seit einiger Zeit an den Tag legte.

Zudem trug Rosalyn immer schwerer an der Verantwortung für ihre Familie. Cooper war viel unterwegs und schien sich nur noch wenig für sie und Amelia zu interessieren. Es war nicht so, dass Rosalyn fürchtete, Cooper ginge fremd, aber er lebte ein eigenes Leben, das sich zwischen seinem Job, seinem Sport und dem Fernseher abzuspielen schien.

Da war auch noch Amelia, die zwar mittlerweile zwanzig Jahre alt, aber ein etwas plumpes, unbeholfenes Mädchen war, das nicht vorhatte, Hotel Mama so schnell zu verlassen. Und da war Lily, Rosalyns Mutter, die sich mit ihren einundachtzig Jahren einerseits schlank und gerade hielt, aber andererseits viel Unterstützung brauchte. Ihr zuliebe hatte Rosalyn den diesjährigen Urlaub der Familie aufwändiger als sonst gestaltet.

Sie wollten dem neuseeländischen Winter entfliehen und dabei Lilys Schwester Rose in Miami besuchen. Aber weil es keinen direkten Flug von Auckland nach Miami gab, mussten sie einen Zwischenstopp in Los Angelas in Kauf nehmen und waren über zwanzig Stunden in der Luft.

Mutter Lily hielt sich tapfer. Amelia hingegen hatte trotz der angebotenen Filme, ihrem Smartphone und ihrem Tablet Langeweile und quengelte einen Großteil des Fluges.

Noch sechseinhalb Stunden. Rosalyn seufzte.

***

Die Tage in Miami plätscherten entspannt vor sich hin. Rose, Lilys jüngere Schwester, hatte sich für jeden zweiten Tag etwas Besonderes einfallen lassen. Der Strand, die Everglades, das Seaquarium, das Epcot Center in Orlando und die Orangenhaine der Umgebung begeisterten selbst Cooper, der als einziger Mann in der Runde kaum gefragt und bei Entscheidungen schnell überstimmt wurde. Auch Rosalyn entspannte sich etwas, insbesondere an jenen Tagen, an denen sie am Pool sitzen durfte und in Ruhe gelassen wurde.

Vierzehn Tage später stand die Familie Evans erneut am Flughafen Miami. Dieses Mal ging es nach Sint Maarten, einer drei Flugstunden entfernten Insel, die halb zu den Niederlanden und halb zu Frankreich gehört. Auch dieses Ziel hatte sich Rosalyn nicht ausgesucht. Es war Cooper, der darauf bestanden hatte, ihre vorletzte Urlaubswoche genau dort zu verbringen.

Cooper hatte viele Argumente für dieses ungewöhnliche Urlaubsziel vorgebracht: grüne Hügel, wunderschöne Buchten, weiße Strände und eine fantastische Unterwasser-welt. Doch das hätten sie in Auckland und Umgebung auch alles gehabt, wenn auch nicht zu dieser Jahreszeit.

Cooper verwies auf das Fort Amsterdam, dessen Ruine er sich als Architekt gerne angesehen hätte. Er erwähnte auch, dass das Fort ein Vogelschutzgebiet für den braunen Pelikan war, was schließlich auch für die weiteren Familienmitglieder interessant sein könnte, aber Rosalyn beschlich der Gedanke, dass Cooper die teure Reise nur aus einem Grund gemacht hatte: um das Yoda Guy Movie Exhibit zu besuchen, ein Museum, das die Tricktechniken der Star-Wars-Filme erklärte. Achselzuckend gab sie nach, schließlich hatten sie für die Woche danach noch eine Kreuzfahrt zurück nach Miami gebucht und Kreuzfahrten mochte Rosalyn eigentlich recht gerne.

Kurz bevor sie am Princess Juliana International Airport landeten, sah Rosalyn aus dem Fenster. Sie hatte schon davon gehört, dass die Landebahn auf Sint Maarten kurz war und die Flugzeuge deshalb direkt über die Köpfe der Touristen fliegen mussten, um landen zu können.

Damals fand sie das kurios, aber der Blick aus dem Fenster elektrisierte sie regelrecht. Fasziniert starrte Rosalyn auf die Menschen, die beim Anflug auf Sint Maarten nur wenige Meter unter ihnen am Maho Beach lagen – zum Greifen nah.

**

Die Familie war ganz in der Nähe des Flughafens im Sonesta Maho Beach Resort untergebracht und gleich nach ihrer Ankunft am Mittag verschwand Cooper im hauseigenen Fitnesscenter, während die drei Frauen sich erst noch ein wenig hinlegen und danach den Strand erkunden wollten. Lily und Amelia gingen zu ihrem fünfundvierzig Quadratmeter großen Zimmer am Ende des Flurs im achten Stock, das sie sich teilten und winkten Rosalyn zum Abschied zu.

Ihr Zimmer lag etwas weiter in der Mitte des Ganges, war aber genauso groß und hatte den gleichen Meerblick, wie sie schon bei ihrer Ankunft erfreut festgestellt hatten.

Jetzt aber schloss Rosalyn die Fenster und zog einen Teil der schweren Vorhänge zu, um ein wenig zur Ruhe zu kommen. Sie überlegte, welche Seite des Bettes sie beanspruchen wollte, und entschied sich für die linke – nichts Neues also, denn es war die Seite, auf der sie sonst auch lag. Rosalyn schlüpfte unter die Decke und schloss die Augen, aber statt in einen trägen Mittagsschlaf zu fallen, wurde sie ungewohnt unruhig.

Sie drehte sich von einer Seite auf die andere, aber sie fand keine Ruhe. Entnervt sah sie auf die Uhr. Es war kurz vor zwei. Mit Cooper war bestimmt die nächsten ein, zwei Stunden nicht zu rechnen. Wenn er sich erst einmal in einem Fitnessraum verausgabte, hängte er gerne noch ein paar Saunagänge mit anschließenden Whirlpoolbesuchen dran.

Rosalyn drehte sich auf den Rücken und starrte an die Decke, bevor sie sich schließlich erneut auf die Seite legte und vor sich hindöste. Wenn schon an Schlaf nicht zu denken war, was würde sie jetzt stattdessen gerne tun? Die Antwort war mehr ein Gefühl als ein Gedanke, aber Rosalyn war nicht geneigt, ihm nachzugeben. Doch es blieb hartnäckig und breitete sich aus, erhitzte ihren Körper – aber es war keine Hitzewallung, die sie plagte, sondern Lust und Begehren. Langsam wanderte ihre rechte Hand nach unten zwischen ihre Beine. Ihre Hand zuckte zurück, als sie spürte, wie feucht sie war.

Wann war sie das letzte Mal feucht gewesen? Wann hatte es das letzte Mal jemanden interessiert, ob sie feucht war oder nicht? Rosalyn seufzte auf und sprang aus dem Bett. Lieber würde sie eine Dusche nehmen als jetzt anfangen, darüber nachzugrübeln!

Rosalyn duschte heiß und lange. Das Duschgel, das vom Sonesta Maho Beach Resort angeboten wurde, roch überraschend angenehm und Rosalyn schäumte jeden Zentimeter ihres Körpers damit ein. Dann brauste sie den Schaum mit einem Strahl kalten Wasser ab und trat erfrischt aus der Duschkabine.

Sie würde an den Strand gehen. Allein.

Rosalyn wühlte in ihrem Koffer und fand den rotgepunkteten Bikini, den sie eigentlich einmal für Amelia gekauft hatte. Doch ihre Tochter war ein pummeliger Teenager geworden, der sich nicht in einem Bikini präsentieren wollte – schon gar nicht in einem so auffälligen. So war der Zweiteiler zurück in ihren Besitz gewandert. Rosalyn schlüpfte hinein und betrachtete sich damit in dem Spiegel, der in der Tür des Kleiderschranks eingelassen war.

Zunächst sah sie nur den roten Bikini, dann die Sorgenfalten auf ihrer Stirn, dann die Schwangerschaftstreifen an ihren Brüsten und an ihrem Bauch. Erschrocken trat Rosalyn einen Schritt zurück, sah nun aber plötzlich nicht mehr einzelne Details, sondern ein Ganzes.

Eine Frau.

Eine attraktive Frau.

Sie war schlank und hatte sich ihre mädchenhafte Taille erhalten können. Ihre müden Brüste sahen, von den Balconette-Bikinischalen angehoben, prall und appetitlich aus. Die Schwangerschaftsstreifen waren längst verwachsen und nur noch erkennbar, wenn man ganz genau hinschaute. Ihr Bauch war ein wenig rundlich und die Haut an den Oberschenkeln hätte straffer sein können – aber für eine Frau ihres Alters sah Rosalyn sehr gut aus. Sie musste lächeln, als sie sich das eingestand.

Die lange, helle Narbe über ihrer rechten Augenbraue machte ihr Gesicht interessanter, als es ein Schönheitsfleck je gekonnt hätte. Rosalyn hatte sie sich als Kind zugezogen, als sie vom Kirschbaum fiel. Sie hatte es den Nachbarsjungen gleichtun wollen und den Baum trotz strengstem Verbot bestiegen, aber das war schwerer, als sie gedacht hatte.

Mitten im Baum blieb sie hilflos stecken und ein Ast brach unter ihren Händen, als sie sich weiter nach oben ziehen wollte. Die kleine Rosalyn hatte dabei das Gleichgewicht verloren, war zu Boden gefallen und auf einen Stein geprallt, der die

Grenze zum Nachbarsgrundstück markierte. Noch im Fallen hatte sie sich geschworen, auf keinen Fall zu weinen, was immer jetzt auch kommen möge und sie hielt sich daran, obwohl die Wunde höllisch schmerzte und heftig blutete.

Das war lange her, aber Rosalyn dachte immer wieder gerne an diesen Tag zurück. Sie war als Kind vielleicht nicht die Sportlichste, aber dafür unglaublich tapfer gewesen! In ihren größten Krisen hatte sich Rosalyn an diese Tapferkeit erinnert und ihr Leben mit Stolz und Hartnäckigkeit gemeistert. Sie konnte wirklich zufrieden mit sich sein!

Rasch zog Rosalyn eine weiße Shorts über und füllte eine Strandtasche mit einem Badetuch, einem Sonnenöl, ihrer klitzekleinen Strandbörse für Notfälle und einem dunklen Badeanzug, falls sie am Strand das Gefühl haben sollte, sich etwas bedeckter kleiden zu müssen. Dann fiel ihr das Smartphone ein. Sie nahm es, tippte darauf je eine kurze Nachricht an Cooper und Amelia und steckte es ebenfalls ein. Danach setzte sie sich ihre Sonnenbrille auf die Nase, schlüpfte in ihre Strandsandalen und verließ das Zimmer.

Als Rosalyn mit nichts als dem Balconette-Bikinioberteil und einer Shorts bekleidet am Empfang vorbeikam, erfasste sie im Augenwinkel das sichtliche Interesse des Rezeptionisten.

Sie hätte nicht sagen können, wie alt der Mann war oder was für eine Hautfarbe er hatte, aber das Begehren, das in seinen Augen aufgeflackert war, hatte sie deutlich gesehen. Beschwingt lief Rosalyn die wenigen Meter bis zum Strand.

Zu ihrem Erstaunen lag bei ihrer Ankunft kein Tourist träge in der Sonne, im Gegenteil. Alle liefen wie an unsichtbaren Fäden gezogen zum Zaun, der das schmale Strandareal begrenzte. Die meisten Touristen hielten ein Smartphone oder Tablet in ihren Händen und richteten es auf ein Ziel hinter dem Maschendraht. Jetzt erkannte auch Rosalyn, was sie filmten: Hinter dem Zaun war der Flughafen und auf der kurzen Start- und Landebahn drehte sich gerade geräuschvoll eine Boeing 737-800 der Air Caraïbes, um sich zum Abflug fertig zu machen.

Rosalyn blieb in einiger Entfernung stehen, noch immer die Strandtasche über ihrer rechten Schulter. Ob sie ihr Handy auch auspacken und filmen sollte? Nein, sie wollte lieber erst einmal schauen, was es zu sehen gab. Dass die Flugzeuge den Strandtouristen beim Anflug gefährlich nahekamen, hatte sie ja bereits von oben gesehen, aber wie es wohl war, wenn eine Maschine beim Anflug über ihre Köpfe flog? Ach nein, diese Maschine würde eher nicht über ihre Köpfe fliegen, denn sie drehte den Menschen am Strand ja bereits ihre Kehrseite zu.

Plötzlich schlug ihr jemand im Vorbeirennen auf die Schulter. „Komm mit, das bläst dir den Kopf weg!", rief der Mann und hastete weiter. Neugierig stapfte ihm Rosalyn im tiefen Sand die wenigen Meter bis zum Absperrzaun hinterher.

Eben war sie buchstäblich noch ein Zaungast des Geschehens gewesen, aber die Worte des Mannes hatten sie zu einem Teil des Spektakels werden lassen, das alle zu erwarten schienen. Aufgeregt hielt sie an einem Zaunstück, auf dem ein großes Schild mit der roten Aufschrift „Danger" befestigt war. Darunter war eine Zeichnung, auf der ein Mann durch den Fahrtwind eines Flugzeuges durch die Luft gewirbelt und zu Fall gebracht wurde. Als Rosalyn sah, wie die Menschen rechts und links von ihr nach dem Zaun griffen und mit erwartungsvollen, freudigen und aufgeregten Gesichtern auf das Flugzeug starrten, überkam sie eine unbändige Lust, es ihnen gleich zu tun. Mit ihren langen, gepflegten Händen umschloss sie zunächst eher halbherzig jeweils ein Stück Maschendraht, doch dann schaltete der Pilot der Boing die Turbinen ein. Ein unglaublich starker, heißer Wind prallte Rosalyn ins Gesicht und instinktiv umklammerte sie die Maschen des Zauns so fest sie konnte.

Scheiße!

Mit diesem Druck hatte sie nicht gerechnet! Auch nicht mit dem Sand, der ihr vom Turbinensturm gnadenlos in die Augen und in die Nase gepresst wurde. Rosalyn wandte den Kopf ab, während sie sich in das Gitter krallte. Mit dem Dröhnen der Maschine hörte sie das aufgeregte Geschrei der Menschen, die mit ihr am Zaun hingen, aber inmitten des heißen Sandsturms, dem sie gerade ausgesetzt war, erkannte sie auch, dass sich ein paar Touristen hatten fallen lassen oder ins Meer gerollt oder gestolpert waren.

Verflucht, ihre Tasche! Bei dem Versuch, ihre Augen zu schützen, war ihr der Gurt über die Schulter gerutscht und der Tascheninhalt flog über den Strand davon.

In einem ersten Impuls wollte Rosalyn zumindest ihr Smartphone retten und lockerte dabei unwillkürlich den Griff ihrer rechten Hand. Obwohl sie sich sofort besann und nachgreifen wollte, war damit ihr Schicksal besiegelt: Der unbarmherzige Turbinenwind riss sie vom Zaun und wirbelte sie wie eine leblose Puppe über den Strand, bis sie mit dem Kopf gegen einen Betonblock prallte und liegen blieb.

In den wenigen Sekunden, die es dauerte, vom Zaun zum Grenzblock geschleudert zu werden, erinnerte sich Rosalyn an den Kirschbaum ihrer Kindheit. Sie schloss die Augen und schwor sich, was immer jetzt auch kommen möge, sie würde nicht weinen!

Als die Boing 737-800 eine Minute später abgehoben hatte, ließ der Druck des Turbinenwindes nach. Touristen, die Rosalyn durch den Wind treiben und danach stürzen gesehen hatten, liefen zu ihr. Sie lag bewusstlos und unbeweglich im Sand, während Blut aus ihrer Kopfwunde sickerte. Ein paar Helfer versuchten, sie aufzuwecken und in eine stabile Position zu bringen, andere riefen den Notarzt. Bis der Rettungswagen kam, dauerte es nur eine kleine Weile – Zeit genug, um Schaulustige anzulocken, die später an den Strand gekommen waren und nun sehen wollten, was dort für Aufregung sorgte.

Unter ihnen waren auch Lily und Amelia, die nur an den Strand gekommen waren, um dort Rosalyn zu suchen und sie zu überreden, mit ihnen ein Eis essen zu gehen. Sie erkannten das leuchtend rot-weiße Bikinioberteil der Frau, die auf einer Bahre in den Rettungswagen geschoben wurde, waren aber zu weit weg, um sich noch bemerkbar zu machen.

Cooper saß unterdessen nichtsahnend in der kleinen Sauna des Hotels und plauderte mit einem Engländer, den er zuvor im Whirlpool kennengelernt hatte.

„Planespotting ist hier die große Touristenattraktion!", erklärte der Engländer. „Aber es ist nicht ungefährlich. Die meisten unterschätzen die Hitze und den Druck!"

Cooper nickte interessiert.

„Wenn ich mich an den Zaun hänge", fuhr der Fremde fort, während Rosalyn im Krankenhaus ihren Kopfverletzungen erlag, „trage ich ein langärmeliges T-Shirt und Handschuhe!"

PLANESPOTTING:
QUELLEN UND ANMERKUNGEN

„Tödlicher Unfall auf Sint Maarten: Wind aus Turbine bläst Touristin weg", „Todesfall beim ,Zaunsurfen'", „Sie ignorierte die Warnungen – und bezahlte für ihren Leichtsinn mit ihrem Leben …": Mit diesen Überschriften reagierte am 13. Juli 2017 die Presse weltweit auf den ersten tödlichen Unfall am Maho Beach von Sint Maarten und der unmittelbar angrenzenden Start- und Landebahn des Princess Juliana International Airport.

Je nach Land und Medium hatten die Journalisten unterschiedliche Details ausgegraben. Als gesichert gilt, dass die verunglückte Frau 57 Jahre alt war, aus Neuseeland kam und mit mindestens drei Familienmitgliedern Urlaub in Sint Maarten machte. Allein ihre Herkunft gibt Anlass für Spekulationen, denn Sint Maarten ist von Neuseeland aus nur über Umwege und lange Flugreisen erreichbar.

Es fiel mir schwer, mich in eine 57-jährige Frau zu versetzen, die sich freiwillig an einen Zaun hängt, um dem Turbinenwind zu trotzen. War „Rosalyn" wirklich die Hausfrau, die ich in meiner Geschichte beschrieben habe oder war sie der Typ Frau gewesen, der zeitlebens Abenteuer sucht und an sein Limit geht? Das weiß ich natürlich nicht, aber irgendetwas sagte mir, dass „Rosalyn" einfach nur die Gelegenheit für einen Extra-Kick mitnehmen wollte. Vielleicht, weil ihr Leben in der letzten Zeit zu gleichförmig verlaufen war.

Der Strand von Maho Beach beim Princess Juliana International Airport galt als Ziel für waghalsige Abenteurer, die so genannten "Planespotter". In den vergangenen Jahren hatte es dabei immer wieder Verletzte gegeben. Nach Angaben des Tourismusverbandes der Insel war „Rosalyn" allerdings der erste Todesfall. In einem Bericht der FAZ sprach „Tourismusdirektor Rolando Brison den Angehörigen sein Beileid aus und sagte örtlichen Medien, die Familie habe eingestanden, dass die Frau einen Fehler gemacht habe."

Am 7. September 2017, also knapp zwei Monate später, verwüstete der Hurrikan „Irma" den Großteil der Insel Sint Maarten und damit auch den Flughafen. Er wurde wieder aufgebaut und gilt noch heute als „spektakulärster Airport der Karibik".

EIN VERSEHEN MIT TODESFOLGE

Es war 0.23 Uhr, als sie aufwachte. Verdammt! Sie hatte nur eine Stunde geschlafen! Um 2.47 Uhr sah sie erneut auf das Display ihres Funkweckers. Es war albern, solche Angst vor diesem Zahnarzttermin zu haben, aber sie konnte nichts dagegen tun.

Soweit sie zurückdenken konnte, hatte sie Angst vor dem Zahnarzt gehabt. Sie sah sich noch, wie sie als ganz kleines Mädchen mit Gewalt auf einen Behandlungsstuhl gezerrt wurde. Obwohl der Arzt damals freundlich mit ihr gesprochen und ihre kleinen Milchzähnchen schmerzfrei inspiziert hatte, war die Angst geblieben. Bis heute. Und nun sollte ein Weisheitszahn gezogen werden!

Als die Zahnschmerzen kamen, hatte sie wochenlang versucht, sie zu ignorieren. Vielleicht würden sie ja von alleine wieder weggehen. Doch stattdessen wurden sie schlimmer und siegten über ihre Angst. Sie ließ sich einen Notfalltermin beim Zahnarzt um die Ecke geben.

Er war jung, nett und verständnisvoll. Ganz vorsichtig bewegte er seine Gerätschaften in ihrem Mund, während ihr eine Arzthelferin die Hand hielt.

„Es tut mir leid", sagte der Zahnarzt, nachdem er das Besteck weggelegt und seine Patientin im

Behandlungsstuhl wieder aufgerichtet hatte, „es ist der Weisheitszahn. Er wächst schubweise und verursacht so eine Entzündung des Gewebes."

„Hört das wieder auf?", fragte sie.

„Leider nein", antwortete der Zahnarzt. „Es wird eher schlimmer."

Er erklärte: „Ihr Weisheitszahn kommt nicht senkrecht nach unten aus dem Zahnfleisch, sondern wächst schräg nach vorne. So bedrängt er den letzten Backenzahn. Der Weisheitszahn muss raus!"

Sie wurde noch blasser als sie es die ganze Zeit schon gewesen war. Mit ihren Fingern krallte sie sich an den Armlehnen des Behandlungsstuhls fest und keuchte.

„Ganz ruhig", sagte der Zahnarzt. „Sie sind jung! Bei Patienten zwischen 14 und 25 Jahren sind statistisch gesehen am wenigsten Komplikationen zu erwarten. Und wie alt sind Sie jetzt?"

„23", antwortete sie und versuchte, flacher zu atmen.

„Wir könnten den Zahn unter Narkose ziehen", schlug der Zahnarzt vor. „Wäre das eine Option für Sie?"

„Ich überlege es mir", hatte sie gesagt, aber nach zwei Tagen war sie endgültig zermürbt von den Zahnschmerzen. Verzweifelt rief sie wieder an, stimmte dem Eingriff zu und ließ sich einen Termin geben. Und der war an diesem Morgen.

***

Das Zahnarztteam war heute womöglich noch netter als bei der Erstuntersuchung. Die Arzthelferin lächelte ihr aufmunternd zu. „Ich bin heute auch Ihre Operationsschwester", erklärte sie munter plappernd. „Machen Sie sich keine Sorgen, wir haben jede Woche solche Operationen hier im Haus, das ist bei uns Routine. Gleich kommt der Anästhesist, der erklärt Ihnen dann, was er genau macht und sobald Sie friedlich schlafen, zieht Ihnen der Herr Doktor den Weisheitszahn. Alles halb so wild. In einer Woche denken Sie schon nicht mehr daran!"

„Werden Sie mir wieder die Hand halten?", fragte die Patientin.

„Bis Sie eingeschlafen sind!", versicherte die Arzthelferin.

***

Gernot Wagner saß an jenem Morgen gegen elf Uhr vor seinem PC und versuchte, den Text auf seiner Homepage kundenfreundlicher umzuformulieren. Als ambulant arbeitender Anästhesist hatte er an diesem Vormittag keinen Einsatz und konnte sich so seinen Büroarbeiten widmen. „Ambulantes Operieren unterliegt strengen Sicherheitsanforderungen", hatte er gerade geschrieben und überlegte nun, ob er diese Sicherheitsanforderungen näher beschreiben oder es dabei belassen sollte. War es für Patienten eher beruhigend oder eher beängstigend, wenn sie erfuhren, auf was ein Anästhesist so alles achten muss?

Das Klingeln seines Handys riss ihn aus seinen Überlegungen. „Gernot, ich bin es, Frank", meldete sich der Anrufer knapp, „komm sofort in die Senefelder Straße 17, Ecke Robert-Koch, ein Notfall. Schnell!"

***

Als Gernot in der Zahnarztpraxis eintraf, sah er auf allen Gesichtern unheilvolle Panik – auch im Gesicht seines älteren, gestandenen Kollegen. Ohne sich mit Begrüßungsfloskeln aufzuhalten, stürzte Gernot sich in das Behandlungszimmer und beugte sich über die Patientin. Er hatte bereits in der Tür gesehen, dass sie blau angelaufen war und als er ihren Tubus inspizierte, wusste er auch, warum. Der Tubus war in der Speiseröhre gelandet und hatte so die Patientin nicht beatmen können. Mit geschickten Händen zog er das Hohlrohr heraus und platzierte es dort, wo es hingehörte, nämlich in die Luftröhre.

Aber obwohl er das mit sicheren Händen und präzisen Bewegungen tat, wusste er, dass er keinen Erfolg haben würde. Ohne sie genau untersucht zu haben, ahnte Gernot, dass seine Hilfe für diese Patientin zu spät kam.

Unterdessen drängte noch ein weiterer Mann in das Behandlungszimmer. Es war der Notarzt, den die Arzthelferin bestellt hatte, als der Anästhesist seinen Kollegen zu Hilfe rief. Gernot nickte ihm kurz zu und drückte mit einem Ballon Luft in den Tubus und damit in die Lunge der Patientin. Parallel dazu startete der Notarzt mit der Herzdruckmassage.

Während die beiden schweigend versuchten, die junge Frau zu reanimieren, starrte der Zahnarzt wie gelähmt auf die Szene. So etwas war noch nie vorgekommen und er hatte sich auch nie vorgestellt, dass so etwas einmal passieren könnte. Er wusste nicht, was er denken, fühlen, geschweige denn tun sollte. Dann riss er seine Augen von der Patientin los und sah seinen Anästhesisten an, den alten Hasen, den er immer gerne mit ins Team genommen hatte, weil er so erfahren war und immer so kompetent gewirkt hatte. Im Gegensatz zu seinen jüngeren Kollegen hatte er nicht stundenlang unzählige Gerätschaften ausgepackt, bevor er mit der Arbeit begann. Im Gegenteil: „Ich bin ein Kollege der alten Schule, ich verlasse mich lieber auf meine fünf Sinne", hatte er einmal gesagt. Und das war ja auch immer gut gegangen.

Bis auf heute.

Der Anästhesist erwiderte den Blick des Zahnarztes mit einem entschuldigenden Lächeln. „Es war ein Versehen …", versuchte er, das Offensichtliche zu erklären.

„Ein Versehen?" Der Notarzt schnaubte empört und ließ dabei von der Patientin ab. Auch Gernot stoppte mit der Zwangsbeatmung. Die Patientin war gestorben, zweifellos, es musste nur jemand aussprechen.

„Ein Versehen?", knurrte der Notarzt noch einmal, „Ihre Patientin ist jedenfalls tot!"

EIN VERSEHEN MIT TODES-FOLGE: QUELLEN UND ANMERKUNGEN

Warum eine 23-Jährige auf dem Zahnarztstuhl sterben musste, diskutierten Teilnehmer der 92. Jahrestagung der Deutschen Gesellschaft für Rechtsmedizin am 20.09.2013 in Saarbrücken.

Weil sie panische Angst vor Zahnarztbehandlungen hatte, entschied sich die junge Frau dazu, ihren Weisheitszahn unter einer Intubationsnarkose ziehen zu lassen. Der Eingriff wurde in einer Zahnarztpraxis vorgenommen, die öfter mit einem Anästhesisten zusammenarbeitete.

Nachdem die Narkose eingeleitet und die Patientin intubiert wurde, fiel innerhalb kürzester Zeit ihr Blutdruck und es kam zum Kreislaufstillstand.

Die Reanimation wurde eingeleitet, während der Anästhesist einen Kollegen hinzu rief. Obwohl zu guter Letzt auch ein Notarzt alarmiert wurde, starb die Patientin.

Gegenüber den Ermittlern gab der verantwortliche Anästhesist an, er habe die Intubationsnarkose kunstgerecht („lege artis") durchgeführt und vermutete eine allergische Reaktion auf das verwendete Succinylcholin. Doch die rechtsmedizinische Laboruntersuchung fand keinerlei Hinweise auf eine allergische Reaktion.

In der Sektion fielen Dr. Vera Sterzik und ihren Kollegen vom Institut für Rechtsmedizin an der Universität Würzburg eine Blutansammlung in der Lunge sowie eine frische Verletzung der Schleimhaut in der Speiseröhre auf. Dort fanden sie auch kleine Blutungsherde und abgestorbenes Gewebe.

Erst die Befragung des hinzugezogenen Kollegen brachte Licht ins Dunkel. Er gab zu, dass der Tubus nicht in der Luft- sondern in der Speiseröhre steckte, als er bei der Patientin ankam. Er habe damals die Lage des Tubus korrigiert, aber da war es wohl schon zu spät gewesen. Die Rechtsmediziner gingen abschließend davon aus, dass die Patientin zu diesem Zeitpunkt bereits erstickt war.

Vor Gericht berichtete eine Operationsschwester, dass der angeklagte Anästhesist niemals ein Kapnometer mit sich führte, weil es nicht mehr in seine Kiste mit den zu transportierenden Gerätschaften passte. Dabei handelt es sich um ein Gerät, das die Ausatemluft eines Patienten auf Kohlenstoffdioxid überprüft und vielleicht früher den bedrohlichen Zustand der Patientin angezeigt hätte.

Den Satz: „Ich bin ein Kollege der alten Schule, ich verlasse mich lieber auf meine fünf Sinne", soll der verantwortliche Anästhesist dazu wortwörtlich vor Gericht gesagt haben.

Der Mann wurde schließlich wegen fahrlässiger

Tötung zu einer Freiheitsstrafe von einem Jahr und neun Monaten auf Bewährung sowie zu einer Geldbuße in Höhe von 20.000 Euro an „Ärzte ohne Grenzen" verurteilt.

Ein Ausnahmefall? Wohl eher nicht, denn die Fehlintubationsrate liegt in klinischen Studien bei 18 bis 21 Prozent, in post-mortem Studien bei 28 Prozent. Dass Fehlintubationen häufig vorkommen, bestätigt eine Bildgebungsstudie, die von Dr. Steffen Ross vom Institut für Rechtsmedizin und Forensische Bildgebung der Universitäten Zürich und Bern vorgestellt wurde.

Im Rahmen dieser Studie wurden über 2.000 Computer-Tomographien aus drei Zentren ausgewertet, die allesamt nach dem Tod der Probanden angefertigt wurden. In 67 dieser Fälle war der Tubus vor der Untersuchung entfernt worden. Bei 194 Leichen lag noch ein Trachealtubus vor, davon waren 29 Prozent fehlintubiert: Meist lag er in der Speise- statt in der Luftröhre, oft aber auch in der Aufgabelung der Luftröhre in die beiden Hauptbronchien oder sogar in den Hauptbronchien. Dies muss nicht immer und unbedingt zum Tod führen, denn bei manchen Hauptbronchuslagen werden die beiden Lungenflügel über die bei den meisten Tuben vorhandenen Seitenlöcher noch immer belüftet. Liegt aber die Manschette des Tubus im Hauptbronchus, kommt keine Luft mehr in die Lunge und der Patient stirbt.

KRASS

Ihre Brüste spannten. Sie würde wohl wieder ihre Tage kriegen – jetzt schon zum dritten Mal. Tatjana war zwölf Jahre alt und aufgeklärt, aber mit so einer Sauerei hatte sie nicht gerechnet. Die Vorstellung, damit bis zum Ende ihres Lebens herummachen zu müssen, gefiel ihr gar nicht. Aber wenn man es genau nahm, gefiel ihr das ganze Erwachsenwerden nicht.

Ihr gefiel auch das Ergebnis der Mathearbeit nicht, die sie gerade zurückbekommen hatte. Eine Vier. Liebe Güte! Sie war Musterschülerin! Eine Vier war wie Vollpfosten! Tatjana schob das Matheheft in die Schultasche und drückte sich aus dem Klassenzimmer. Beinahe hätte sie nicht bemerkt, wie Charlotte sie anstupste. Die Neue.

„Hast du Zeit? Heute Nachmittag? Ich will dir was zeigen!", sagte Charlotte. Sie war zwei Jahre älter als Tatjana und sah unglaublich cool und erwachsen aus.

„Was denn?", fragte Tatjana misstrauisch. Ihr war nicht nach Plaudern, aber insgeheim freute sie sich doch, dass die Neue sie angesprochen hatte.

„Wirst schon sehen!", antwortete Charlotte geheimnisvoll.

***

Waschen, schneiden, föhnen. Der Auszubildenden mit einem Kopfnicken bedeuten, dass sie doch bitte die Haare auf dem Boden wegfegen soll. Freundlich bleiben. Kassieren.

Das Tagwerk lastete dunkel und bleischwer auf Martina.

Dabei wollte das so gar nicht zu den Sonnenstrahlen passen, die durch die großen Schaufensterscheiben ihres Friseur-geschäfts auf die Haarschnipsel am Boden fielen. Ach! Die Fenster! Sie mussten wieder einmal geputzt werden. Es hörte aber auch nie auf! Es fing morgens an und hörte einfach niemals auf!

Martina seufzte. Selbst ihre früher so niedliche Tochter machte derzeit Probleme. War sie mit ihren zwölf Jahren nicht zu jung, um schon in die Pubertät zu kommen? Ihre älteren Geschwister waren lang nicht so schwierig gewesen.

Die Türglocke riss Martina aus ihren Grübeleien. Kundschaft. Martina seufzte erneut, gab sich dann aber einen Ruck und ging freundlich lächelnd auf die ältere Dame zu.

***

Auf Schularbeiten hatte Tatjana an diesem Nachmittag null Bock. Sie hatte ihre kleine Schwester Greta vom Kindergarten abholen müssen und dann ihrer Mutter in den Friseursalon gebracht. Sie hatte keine Lust gehabt, sich um den Balg zu kümmern, obwohl sie zugegebenermaßen nichts Besseres zu tun hatte. Im Gegenteil. Als sie nach Hause kam, stand Tatjana allein in ihrem leeren Elternhaus und wusste nicht so recht, was sie mit sich anfangen sollte. Sie fühlte sich so … überflüssig.

Sie war das dritte von vier Kindern, ein ehemaliges Nesthäkchen, das von einem schreienden Nachzügler aus dem Nest geschubst worden war. Ihre älteren Geschwister waren bereits ausgezogen und das jüngste übermächtig. Plötzlich stand Tatjana nicht mehr an erster Stelle und alles war anders geworden.

Selbst in der Schule lief es nicht mehr. Es fing damit an, dass es kaum jemanden mehr interessierte, wenn sie eine Eins geschrieben hatte. Erst war Gretas Verdauung wichtiger gewesen, dann waren es ihre Fortschritte beim Laufen lernen und später ihre ersten gesprochenen Worte. Mittlerweile war Greta vier Jahre alt und der Mittelpunkt der Familie. Behaupteten die Eltern zumindest.

Tatjana sah das anders. Sie sah ihre Eltern mit diesem Kind und sich selbst im Nirgendwo.

In diesem Moment klingelte es. Tatjana sah durch den Spion nach draußen und erkannte Charlotte. Sie riss die Haustür auf.

„Woher weißt du, wo ich wohne?", fragte sie, aggressiv und unfreundlich.

Doch Charlotte ließ sich nicht abschrecken.

Statt einer Antwort lächelte sie das allwissende Lächeln einer überklugen Erwachsenen und hielt Tatjana einen Einkaufsbeutel entgegen: „Schau", sagte sie, „schau, was ich uns mitgebracht habe!"

***

Als Martina an diesem Abend ihr Friseurgeschäft schloss, wollte sie nur noch nach Hause. Heute waren es vor allem die Stammkunden gewesen, die sie fix und fertig gemacht hatten. Dazu kam, dass der Kindergarten freitags früher schloss und sie deshalb gezwungen war, ihre Jüngste im Salon zu beaufsichtigen. Eigentlich hatte Martina gehofft, dass Tatjana ihr die Kleine abnehmen würde, aber seit einiger Zeit weigerte sie sich rundheraus, den Babysitter zu spielen. Martina seufzte. Natürlich konnte sie Tatjana gut verstehen.

Aus Greta war ein plapperndes Energiebündel geworden und Tatjana war noch zu jung, um stundenlang die Verantwortung für die Kleine zu übernehmen. Zudem war sie in letzter Zeit schnell genervt und Martina wollte die beiden lieber nicht zu lange alleine lassen. Wenn das bedeutete, dass sie sich an solchen Freitagen unerbittlich abhetzen musste, dann war hier wohl eher Jürgen gefragt, ihr Ehemann und der Vater der Kinder. Sie würde mit ihm reden müssen.

Mit einem fröhlich trällernden Kleinkind an der Hand kam sie nur langsam vorwärts. Es waren nur wenige Schritte bis zu ihrem Haus, aber der Weg schien endlos. Als sie endlich ankamen, ließ Martina Gretas Hand los und steckte den Schlüssel ins Schloss. In diesem Moment wurde unversehens die Tür von innen aufgerissen und ihr fiel ein Teenager entgegen. Rasch griff Martina unter die Arme des Mädchens und zog sie wieder auf die Beine. Instinktiv roch sie an der jungen Frau. Kein Alkohol.

„Das ist Charlotte!", rief Tatjana vom oberen Stockwerk aus, als würde das den Zustand des Mädchens erklären.

„Und was hat sie?", rief Martina über die Schulter zurück, während sie noch immer das fremde Mädchen festhielt, das ganz weiche Knie zu haben schien. Tatjana rannte jetzt mit offenem Mund die Treppe herunter, als wollte sie etwas erklären, blieb aber auf halber Treppe stehen, als sie sah, wie sich Charlotte unter den Händen ihrer Mutter straffte und schließlich löste.

„Danke", sagte Charlotte liebenswürdig lächelnd zu Martina, „es geht schon wieder. Manchmal habe ich Probleme mit dem Kreislauf!"

Martina hätte ihr das sofort abgekauft, wurde aber misstrauisch, weil in diesem Moment Tatjana zu kichern begann. „Und da fällst du gleich in Ohnmacht?"

„Nein, nein", beeilte sich das fremde Mädchen zu erklären, „mir war schwindlig. Ich habe das Gleichgewicht verloren ..."

„Soso", antwortete Martina skeptisch, als ihr auffiel, dass sie die Hand ihrer Vierjährigen schon vor mehreren Minuten losgelassen hatte. Suchend sah sie sich nach Greta um.

„Jetzt muss ich ... aber ... wirklich ... gehen!", stammelte das fremde Mädchen, nickte Martina zu, winkte kurz nach hinten zu Tatjana und rannte auf die Straße.

Martina bemerkte es kaum, denn zu ihrer Erleichterung hatte sie die kleine Greta im Vorgarten entdeckt und rief sie nun zu sich. Erst als sie im Haus war und die Tür hinter sich geschlossen hatte, fiel ihr der Vorfall wieder ein. Aufmerksam betrachtete sie Tatjana, die noch immer auf der Treppe stand.

„Kreislauf, soso. Ich glaube dem Mädchen kein Wort!", sagte Martina und einer plötzlichen Eingebung folgend, ließ sie erneut Gretas Hand los, lief an Tatjana vorbei die Treppe hinauf und ging in deren Zimmer.

Trotz des kühlen Herbstabends stand das Fenster sperrangelweit offen. „Warum lüftet sie ...?", fragte sich Martina und sog die Luft ein. Roch es hier süßlich? Hatten die beiden geraucht? Und falls ja, was?

Wie ein Spürhund schnüffelte Martina in jede Ecke, aber alles, was sie roch, war – Parfüm. Haben die Mädchen Parfüm ausprobiert? Erleichtert lachte sie auf.

Nicht ihr Parfüm, hoffte sie, denn das war teuer. Martina schnüffelte noch einmal. Nein, das, was sie hier roch, war weder teuer noch ihr Parfüm. Vielleicht hatte diese Charlotte ja wirklich nur Probleme mit dem Kreislauf gehabt.

***

Oh Mann! War das ein Nachmittag gewesen! Tatjana war völlig aufgekratzt, als sie an diesem Abend ins Bett ging. Da hatten ihre Eltern sie vor allem möglichen gewarnt: Vor Haschisch, Crack, Amphetaminen, LSD – vor jedem Scheiß, aber das! Das war's echt! Billig. Legal. Und sooo krass!

Tatjana war sehr überrascht gewesen, als ihr die neue Schulkameradin eine Dose Deospray überreicht hatte.

„Brauch ich das? Stinke ich?", hatte sie giftig gefragt, aber Charlotte hatte nur gelacht.

„Klar brauchst du das!", hatte sie geantwortet. „Du hast nur noch keine Ahnung, wozu! Hast du mal eine Tüte für mich?"

„Eine Tüte? Was denn für eine Tüte?"

„Eine Plastiktüte! Aldi, Coop, C&A, irgendeine."

„Was ist mit der, die du in der Hand hast?", fragte Tatjana skeptisch.

„Die ist zu klein und ein wenig porös. Die ist aus dem Drogeriemarkt, die geben nur die kleinen kostenlos aus. Ich brauche eine größere, festere", antwortete Charlotte.

Tatjana ging in die Küche, wo ihre Mutter unter der Spüle verschiedene Einkaufstüten aufbewahrte, und griff sich eine. Sie war gelb und hatte einen roten Schriftzug.

„Hübsch", meinte Charlotte ironisch, als sie sie sah. Dann nahm sie Tatjana die Tüte aus der Hand, schloss sie mit den Händen bis auf einen Spalt, sprühte mehrere Sekunden lang Deospray hinein und inhalierte dann das Gas, indem sie ihre Nase in den Spalt steckte und tief einatmete.

Tatjana sah, wie Charlotte daraufhin schwankte und sich mit der freien Hand an der Wand festhielt. Ihre Haut war aschfahl, ja fast ein bisschen grün. Aber dann lehnte sich Charlotte ganz gegen die Wand und strahlte Tatjana an. „Krass", sagte sie und grinste dämlich.

„Mann, was soll das denn?", fragte Tatjana empört, aber sie war neugierig geworden.

Charlotte hatte ihr die Tüte hingehalten. „Traust du dich?", hatte sie gefragt und Tatjana hatte zögernd genickt.

***

Es war ein paar Wochenenden später gewesen, als Martina versuchte, mit Jürgen über ihre Töchter zu sprechen. Hauptsächlich ging es ihr natürlich um Tatjana, die mittlerweile zum Problemkind geworden war.

„Problemkind?", fragte Jürgen und zog eine Braue hoch.

„Sie ist so aggressiv geworden", erklärte Martina. „Sie macht nichts mehr im Haushalt, spricht kaum noch mit mir, schreibt schlechte Noten …", zählte sie auf.

„Kommt mir alles nicht so sonderbar vor", murmelte Jürgen. „Wenn ich mich recht erinnere, habe ich es in diesem Alter genauso gehalten", versuchte er scherzend seine Frau zu beruhigen.

„Und dieser ständige Gestank da oben?"

Mit „da oben" war das Obergeschoß gemeint, in dem Tatjana ihr Zimmer hatte. Entweder war es dort eiskalt, weil alle Fenster sperrangelweit geöffnet waren oder es roch nach … Parfüm oder Raumspray, wie Martina vermutete.

„Sie wird halt eitel, deine kleine Tochter!", schmunzelte Jürgen. „Sie ist in der Pubertät, sie will gefallen, gut riechen … Immerhin, sie ist bald dreizehn."

„Mir ist nicht wohl dabei", insistierte Martina.

„Dann lass uns doch einmal mit ihr zum Jugendamt gehen", schlug Jürgen vor. „Vielleicht hilft es was. Die haben dort Psychologen."

**

Eine Psychologin. Ha!

Tatjana war brav mit ins Jugendamt gegangen und hatte mit der Frau gesprochen. Die Psychologin war dumm wie Brot gewesen und ganz leicht um den Finger zu wickeln. Tatjana hatte ihr ein bisschen etwas von der Leere des Hauses vorgejammert und von den veränderten Umständen, seit Greta da war. Die Diagnose war daraufhin wie erwartet ausgefallen: Tatjana müsse ihr Rolle noch finden und ihr Verhalten sei typisch für eine Pubertierende. Es gäbe keinen Handlungsbedarf.

Gott sei Dank! Und nun hielt sich auch Tatjanas Mutter mit ihren ewigen Nörgeleien ein wenig zurück. Endlich hieß es nicht mehr ständig: „Tu mal dies, tu mal das …"

Wenn nur diese Kopfschmerzen nicht wären. Und dieser Schwindel. Von einem Moment auf den anderen konnte sich plötzlich alles drehen und dabei wurden einem die Knie so weich!

 Neulich war es ihr so gegangen wie Charlotte vor ein paar Monaten, als sie buchstäblich in die Arme ihrer Mutter gefallen war. Ob das wohl vom Schnüffeln kam?

Es war nur ein leiser Verdacht, und Tatjana verdrängte ihn. Wenn sie schnüffelte, dann wurde ihr erst einmal übel, aber dann explodierte ihr Gehirn und ein Rausch durchströmte sie, intensiver und elektrisierender als alles, was sie jemals erlebt hatte. Aber es war ein kurzes Vergnügen, das nur wenige Sekunden dauerte. Dann war alles wieder wie zuvor. Davon, so war sich Tatjana sicher, konnten die Kopfschmerzen nicht kommen.

***

„Warst du mit Tatjana beim Arzt?", fragte Jürgen, bevor er sich an diesem Freitagmorgen von seiner Frau verabschiedete. Er hatte Urlaub und würde heute einmal zuhause bleiben und seine Töchter versorgen, während seine Frau im Friseursalon arbeitete.

„Ja, mittlerweile beim dritten", seufzte Martina.

„Beim dritten?"

„Hausarzt, Internist, Augenarzt", zählte Martina knapp auf, weil sie es eilig hatte und auch weil sie der Meinung war, Jürgen hätte das längst wissen können.

„Und keiner hat was gefunden?", fragte Jürgen unbeirrt nach.

„Nein", seufzte Martina und ging zur Tür. „Unser Kind ist kerngesund!"

„Und die Kopfschmerzen? Der Schwindel?", rief Jürgen ihr nach, aber da war Martina schon draußen.

***

Eigentlich war es ein toller Tag gewesen.

Papa war zuhause und hatte gekocht. Bratkartoffeln UND Kartoffelbrei. Mit Tütensauce. Tatjana hatte es sich schmecken lassen, Gewichtsprobleme hatte sie schließlich keine.

Und langsam schien auch alles andere wieder in die Spur zu kommen. Sie hatte für das Schulpraktikum einen Platz in einem Blumenladen ergattern können, wo es nicht ganz so langweilig war, wie sie es bei den Schulkameradinnen vermutete, die in Banken und Büros untergekommen waren.

Im Gegenteil. Tatjana gefielen die vielen, bunten Pflanzen und die feuchte, drückend-duftende Luft des kleinen Ladens. Sie hantierte geschickt mit den Schnittblumen und konnte schon kleine Gestecke eigenständig zusammenstellen. Sie sei sehr kreativ, wurde sie von der Ladenbesitzerin gelobt und Tatjana war sehr stolz darauf.

Immer hatte man sie klug und intelligent genannt und Bestnoten von ihr erwartet. Ihre Kreativität war bislang keinem aufgefallen, nicht einmal ihr selbst. Es war wohl nicht alles schlecht, was es beim Erwachsenwerden zu entdecken gab, sinnierte Tatjana, als sie an diesem kühlen Märztag französische Tulpen mit Zweigen und Ästen kombinierte und zusammenband. Die Korkenzieherweide ging aus, das musste sie der Chefin noch notieren, bevor sie ging, dachte Tatjana, aber dann schweiften ihre Gedanken wieder ab und vor ihrem geistigen Auge tauchte ein großer, blonder Junge auf. Eric. Sie gingen schon seit Jahren in die gleiche Klasse, wie hatte sie ihn nur so lange übersehen können? Mit einem leisen Lächeln zupfte Tatjana an ihrem Tulpengesteck.

Aus den Augenwinkeln bemerkte sie eine bekannte Gestalt, die am Blumenladen vorbeiging: Es war ihre Mutter mit der kleinen Greta an der Hand. Tatjana lächelte breiter und winkte ihrer Mutter zu. Es war aber Greta, die stehen blieb und wild zurückwinkte. Tatjanas Mutter lachte und zog dann Greta weiter. Sie hatten die stillschweigende Übereinkunft getroffen, dass Martina nicht an Tatjanas Praktikumstagen in den Blumenladen kam, weil es sonst wie Kontrolle ausgesehen hätte. Tatjana senkte noch immer lächelnd den Blick und verpackte das Gesteck in durchsichtige Geschenkfolie.

Auf dem Heimweg ging sie noch in einen Sky-Supermarkt und kaufte drei Deosprays für das Wochenende. Zuhause angekommen, grüßte sie ihren Vater und besprach mit ihm das Wochenende: Sie hatten eine Fahrt an die Ostsee geplant. Was sie heute Abend noch vorhätte, fragte Jürgen, aber Tatjana zuckte mit den Schultern.

„Mal sehen", antwortete sie und zog sich in ihr Zimmer zurück. Sie wollte sich nur noch kurz in eine andere Welt beamen und dann schauen, was am Abend noch so ging.

Mittlerweile hatte sich Tatjana eine besonders hübsche Plastiktüte zugelegt, die sie immer benutzte. Sie war dunkelgrün und hatte den goldenen Schriftzug eines teuren Modehauses. Sie hatte sie mit einem sehr eleganten Pullover darin zu ihrem dreizehnten Geburtstag geschenkt bekommen und hatte sich fast mehr über die Tüte als über den Pullover gefreut.

Irgendwie fand Tatjana, die Tüte werte die Tatsache auf, dass das Schnüffeln ein sonst eher billiges Vergnügen war.

Tatjana nahm die blaue Spraydose aus ihrer Einkaufstasche und sprühte mit der rechten Hand den halben Inhalt in die ansonsten bis auf einen Spalt verschlossene Tüte. Dann zog sie sich den Spalt über die Nase und holte tief Luft. Als das Gas in ihre Lungen strömte und allen Sauerstoff darin verdrängte, wurde Tatjana sofort übel, doch anstatt die Tüte fallenzulassen, atmete sie weiter tief ein.

Jetzt!

Wie eine lila Bombe fuhr der Rausch direkt in ihr Gehirn und von dort aus durch ihren ganzen Körper. Über ihre Brust in ihr Herz, in ihren Bauch, in ihre Lenden und wieder zurück in ihr Gehirn. Der Kick war gigantisch. Besser als jeder andere zuvor. Bis ein Gefäß platzte.

Blut schoss aus Tatjanas Nase, sie hustete und verschluckte sich. Dann verlor sie das Bewusstsein und fiel.

Noch bevor sie auf dem Teppich ihres Kinderzimmers aufschlug, war Tatjana tot.

KRASS:
QUELLEN UND ANMERKUNGEN

Zu dieser Geschichte inspirierte mich eine Reportage von Nina Poelchau (Stern Heft Nr. 16/2015 vom 09.04.2015, S. 113 f.). Sie recherchierte im Fall der 13-jährigen Judith E. aus Kronshagen und legte Zahlen vor: Nach einer europaweit erstellten Schülerstudie haben 10,6 Prozent aller Jugendlichen in den neunten und zehnten Klassen bereits einmal in ihrem Leben geschnüffelt. Eine weitere Studie, die sich allerdings nur auf Frankfurt bezieht, kommt sogar auf 15 Prozent.

Zum plötzlichen Schnüffeltod (SSDS: „Sudden Sniffing Death Syndrom") kann es durch Herzkammerflimmern mit anschließendem Herzstillstand kommen. Der plötzliche Sauerstoffmangel kann aber auch zu einer Ohnmacht führen, bei der die Schnüffler an eigenem Erbrochenen ersticken. Manchmal reagiert der Körper auf den Saustoffmangel auch mit heftigem Bluthochdruck, wie bei „Tatjana" (Judith), bei der es zudem zu einer Hirnblutung kam. Schon das erstmalige Schnüffeln kann tödlich sein.

Das Schnüffeln von Benzingasen oder Klebstoff war in den achtziger Jahren ein Trend, manchmal auch der Einstieg in eine Drogenkarriere mit Kokain oder Heroin. Damals waren es eher Kinder aus sozialen Randgruppen, die sich mit den preiswerten Drogen betäubten. Die in den letzten Jahren bekannt gewordenen Teenager-Todesfälle betrafen interessanterweise fast ausschließlich Kinder, die aus einem „guten Haus" kamen und behütet aufwuchsen.

Beim Schnüffeln wird der Sauerstoff in der Lunge durch das eingeatmete Gas verdrängt. Das Gehirn schlägt Alarm und schüttet so viel Adrenalin aus, dass es zu einem kurzen, euphorischen Erregungszustand kommt. Aber oft folgen dem Kick auch Bewusstseinstrübungen oder Ohnmachten, die zu weiteren Unfällen führen können. Im Mai 2009 schnüffelte beispielsweise ein Schüler in einem Duisburger Hotel an einem Deo und zündete sich danach berauscht eine Zigarette an. Durch die anschließende Explosion erlitt der 17-Jährige schwerste Brandverletzungen.

Der Filmproduzent und Historiker Burkhard Nachtigall aus Überlingen am Bodensee ist Vater eines Schnüffelopfers. Er fand im Januar 2010 seinen 15-Jährigen Sohn auf dem Boden seines Kinderzimmers liegend mit einer Plastiktüte über dem Kopf. Nachtigall stellte Strafanzeige gegen Unbekannt wegen fahrlässiger Tötung, schrieb an das Verbraucherschutzministerium sowie an die Deospray-Hersteller und suchte Kontakt zu den Medien. Er wollte auf die Schnüffelproblematik aufmerksam machen und erreichen, dass Warnhinweise auf die Spraydosen gedruckt werden, wie sie in den USA und in Großbritannien üblich sind. Aber die Staatsanwaltschaft stellte das Verfahren ein, die Deosprayhersteller reagierten nicht und die Verantwortlichen in den Ministerien waren der Meinung, dass Warnhinweise die Teenager eher auf die Idee zum Missbrauch bringen könnten.

DANKSAGUNG

Ich möchte mich hiermit bei allen Menschen bedanken, die mir bei der Erstellung dieses Buches mit Rat und Tat zur Seite gestanden haben.

Mein ganz besonderer Dank gilt auch dieses Mal wieder K. Waldgott, die nie müde wird, meine Ergüsse zu korrigieren, redigieren und diskutieren.

Ein weiterer herzlicher Dank geht an Heike Falkenstein, die als Grafikerin das Cover erarbeitet hat.

Last, but certainly not least, geht mein Dank an Sie, liebe Leserinnen und Leser:

Vielen Dank, dass Sie mein Buch gelesen haben. Ich hoffe, es hat Ihnen gefallen – möglichst sogar so gut, dass Sie vielleicht auch noch ein weiteres Buch von mir lesen möchten.

Nicht alle meine Kurzgeschichten beschäftigen sich mit dem Tod und manche haben sogar ein Happy End. Davon zeugen etliche Bücher, die ich vor diesem herausgebracht habe.

Wenn Sie sich dafür interessieren und über meine Neuerscheinungen, Lesungen, Hintergrundrecherchen etc. auf dem Laufenden sein möchten, können Sie mir auf diesen Seiten folgen:

www.facebook.com/brigitte.vanhattem
www.instagram.com/brigittevanhattem
www.buchdeals.de/autor/brigittevanhattem

Sie können sich jedoch auch für meinen kostenlosen „Newsletter mit Goodies" eintragen lassen. Schreiben Sie dazu einfach eine formlose E-Mail an newsletter@vanhattem.de und Sie erhalten dann etwa alle zwei Monate die neuesten Informationen mit Lesungs- und Vortrags-Terminen, exklusiven Leseproben und Gewinnspielen. Selbstverständlich bleibt Ihre Emailadresse bei mir und wird weder weitergegeben noch für etwas anderes verwendet.

Auf jeden Fall würde ich mich freuen, Sie bald wieder zwischen den Seiten meiner Bücher wiederzufinden.

Ihre

Brigitte van Hattem

IMPRESSUM

© Brigitte van Hattem, 2018

Die Namen in den Geschichten wurden geändert, die erzählerischen Details – so weit nicht bekannt - erfunden.

Brigitte van Hattem ist Medizinjournalistin und lebt in der Nähe von Karlsruhe. Normalerweise schreibt sie Frauenromane und medizinische Sachbücher, beschäftigt sich aber auch mit ungewöhnlichen Diagnosen und schrägen Todesfällen.

Sie ist Mitglied im Selfpublisher-Verband.

Weitere Bücher von Brigitte van Hattem (Stand August 2022):

- Lebenslänglich – kriminelle Kurzgeschichten, BoD, ISBN 978-3753408866
- Verschieden! Kurzgeschichten. Tödlich. Wie das Leben sie schrieb. Kurzgeschichten aufgrund wahrer Todesfälle. BoD, ISBN 978-3756815135 (siehe auch die Leseprobe im Anhang)
- Schabrackenblues: Ein heiterer Frauenroman, mit der Frage: Gibt es ein Leben nach den Wechseljahren? BoD, ISBN 978-3-750480667
- Amors Pfeil traf eine Katze. Liebesgeschichten, ISBN: 978-3755711919

- Quito und die Galapagosinseln 2020: Ein Reisebericht mit zahlreichen Abbildungen. ISBN-13: 979-8627165837 (nur bei Amazon)
- Das Glück ist ein dämliches Grinsen – Kurzgeschichten und Miniaturen, ISBN 978-3-9820496-4-9 (nur bei Amazon)
- Lesbinas. Ein Episodenroman über lesbisches Leben 50+, BoD, ISBN 978-3756211586
- Tatsächlich … wie Weihnachten, Liebesgeschichten zum Fest, BoD, ISBN 978-3751978651
- Schwester Leonie. Ein Arztroman, ISBN 978-1980896845 (nur bei Amazon)
- Bello wird blind. Retinadegeneration und andere Augenerkrankungen beim Hund. ISBN 978-3-9820496-0-1 (nur bei Amazon)

sowie verschiedene medizinische Sachbücher in Zusammenarbeit mit Fachärzten.

LESEPROBE AUS:
„VERSCHIEDEN!"
KURZGESCHICHTEN.TÖDLICH.
WIE DAS LEBEN SIE SCHRIEB

von Brigitte van Hattem

„Sie kommen spät!" Dr. Molina hatte sich nicht einmal umgewandt, als er Francisca eintreten hörte, sondern sah noch immer auf das Röntgenbild und die CT-Bilder, die er an einen Schaukasten geheftet und von hinten angeleuchtet hatte.

„Ich hatte Ihre Stimme am Telefon nicht gleich erkannt", sagte Francisca atemlos.

„Sie haben einiges nicht erkannt!", knurrte er zurück.

Francisca atmete tief durch und trat dann näher an den Chefarzt der Röntgenabteilung heran. Er zeigte mit einer ausladenden Geste auf die Bilder am Schaukasten: „Das soll eine COPD sein? Dass ich nicht lache!"

„Das war nicht meine Diagnose!", wehrte sich Francisca. Sie hatte nicht jahrelang Medizin studiert, um sich für nichts und wieder nichts abkanzeln zu lassen. „Mit dieser Diagnose ist der Patient bei uns eingeliefert worden. Ich war diejenige, die diese Röntgenaufnahmen veranlasst hat, weil ich eben gerade nicht daran glaubte, dass der Patient eine COPD hat!"

„Ach, und was brachte Sie dazu, an der Diagnose eines Kollegen zu zweifeln?" Es war deutlicher Spott in Molinas Stimme zu hören, aber immerhin drehte er sich jetzt zu Francisca um.

„Die COPD ist eine chronische Lungenkrankheit, die vor allem Raucher betrifft. Aber der Patient hat gar nicht geraucht, zumindest nicht so viel, wie sein Zustand vermuten lässt ...", versuchte sie zu erklären, was ihr durch den Kopf geschossen war, als sie zum ersten Mal auf Cristobal Vargas traf.

„Wie viel hat er denn geraucht?", unterbrach sie Molina sachlich.

„Er hat fünfzehn Packungsjahre, aber er raucht bereits seit weiteren fünfzehn Jahren nicht mehr!", antwortete Francisca.

„Fünfzehn Jahre lang hat er täglich eine Schachtel Zigaretten geraucht. Da halten Sie eine so harte Strafe wie eine Verengung der Atemwege, Atemnot, Husten und Auswurf für nicht gerecht?" Jetzt triefte Molinas Stimme vor Hohn.

Francisca holte noch einmal tief Luft. „Ich wäre nicht Ärztin geworden, wenn ich Krankheiten für eine Strafe Gottes halten würde!", erklärte sie fest. „Tatsache ist, dass die meisten Raucher dreißig und mehr Packungsjahre auf dem Buckel haben, bevor sie erste Symptome einer COPD aufweisen.

Da schien mir ein wenig Skepsis gegenüber der ursprünglichen Diagnose durchaus angebracht!"

Molina sah seine junge Kollegin amüsiert an. „So, so", kommentierte er ihren Eifer. „Nun, dann lassen Sie es sich gesagt sein, wir haben auch schon Fälle von COPD bei Nichtrauchern gesehen."

„Ja, aber das waren die Ausnahmen. Die Lungen dieser Patienten waren dann sicher anderweitig belastet. Aber die Regel ist das nicht."

„Ich muss Ihnen recht geben", sagte Molina jetzt gönnerhaft. „Ich fürchte, ich muss Sie sogar beglückwünschen, dass Sie so weit gedacht haben. Viel weiter als der Kollege, der vor immerhin sechs Jahren diese Diagnose gestellt und den Patienten falsch behandelt hat. Allerdings kann ich Ihnen gleich sagen, dass Ihr Patient von Ihrer Weitsicht und Gründlichkeit nicht profitieren wird."

„Warum nicht?"

„Schauen Sie sich diese beiden CT-Bilder an. Schauen Sie genau hin. So etwas werden Sie wahrscheinlich nie wieder in Ihrem Leben sehen. Also sehen Sie es sich ganz genau an und sagen mir, was Sie sehen!"

Francisca betrachtete sich langsam die CT-Bilder, die den Brustkorb ihres Patienten zeigten. Sie erkannte die knöchernen Strukturen wieder, auch die Überblähung der Lunge war deutlich zu sehen, aber ansonsten sah sie nur Flecken, mit denen sie nichts anfangen konnte.

„Einlagerungen? Infiltrate?", fragte sie den Chefarzt.

„Nicht schlecht für einen Anfänger", lobte Molina, „was sehen Sie noch?"

„Das Gewebe sieht irgendwie anders aus. Irgendwie dichter. Eine Fibrose?"

„Ja, daran erinnert es tatsächlich", antwortete Molina. „An eine fibrotische Gewebeveränderung aufgrund von ...?" Molina sah Francisca aufmunternd an.

„Exposition von ... Quarz?", riet sie.

„Woran erkennen Sie normalerweise eine Quarzstaublunge?"

„Eierschalenartige Verkalkungen ...", rief sich Francisca ins Gedächtnis.

„Korrekt. Eierschalen-Hili. Sehen Sie hier Eierschalen-Hili?"

„Nein", gab Francisca zu.

„Das ist Speckstein", behauptete Molina.

„Speckstein?", echote Francisca.

„Ja, Magnesiumsilikathydrat. Talkum. Eine Talkose ist eine anerkannte Berufskrankheit, wie

Sie hoffentlich wissen." Jetzt war wieder etwas Überheblichkeit in Molinas Stimme zu hören.

„Aber dann hätte Vargas in einer Firma arbeiten müssen, die Gummi oder Leder verarbeitet. Das hat er nicht getan", protestierte Francisca.

„Nun, verehrte Kollegin", meinte Molina nun wieder sehr gönnerhaft, „das brauchte er auch nicht. Er hat das Talkum ja nicht eingeatmet."

„Nicht eingeatmet?", fragte Francisca fassungslos.

„Nein. Sehen Sie die Verknöcherungen hier und hier? Sie sind um den Lungenstiel herum und hier am Lungenrand. Sie sind nicht in den Lungenbläschen. Er hat das Zeug nicht eingeatmet."

„Wie kommt es dann in seinen Körper?", fragte Francisca erstaunt.

„Ich habe keine Ahnung", sagte Molina. „Es ist auch nicht mehr von Interesse!"

„Warum nicht?"

„Diese Fibrose hat eine extrem schlechte Prognose. Ihr Patient stirbt, Frau Kollegin, egal woher das Magnesiumsilikathydrat stammt."

Molina machte eine Bewegung, die Francisca zeigte, dass seine Audienz zu Ende war. Aber so schnell gab die Ärztin nicht auf. „Kann man die Verknöcherungen nicht abtragen? Dann haben die Lungenbläschen wieder Platz und der Patient kann freier atmen!"

„Wie stellen Sie sich das vor? Brustkorb auf, Lunge raus, Hammer und Meißel angesetzt, hinterher schön abwaschen und zurück mit der Lunge in den Brustkorb?" Molina wirkte sichtlich amüsiert.

„Eine Lungentransplantation?", schlug Francisca vor. „Danach wäre es auch wichtig, zu wissen, wie Vargas an das Talkum kam, damit die neue Lunge nicht auch wieder ..."

„Vergessen Sie die Transplantation", schnarrte Molina. „Machen Sie lieber Ihre Hausaufgaben. Warum ist eine Transplantation für Ihren Patienten kontraindiziert?"

Jetzt fiel es Francisca wieder ein.

„Weil er außerdem an einer chronischen Leberzirrhose aufgrund einer Hepatitis C leidet", seufzte sie.

Auszug aus der Geschichte „Speckstein" im Buch „Verschieden! Kurzgeschichten. Tödlich. Wie das Leben sie schrieb" von Brigitte van Hattem (ISBN 978-3756815135), in der Ärztin Francisca herausfindet, wie der Speckstein in den Körper des Patienten kam – ein in der Medizingeschichte einzigartiger Fall aus dem Jahr 2016.